你可以很强大

有能力爱自己
有余力爱别人

米粒/著

青岛出版社
QINGDAO PUBLISHING HOUSE

图书在版编目（ＣＩＰ）数据

　　你可以很强大：有能力爱自己，有余力爱别人 / 米粒著. — 青岛：青岛出版社，2017.9
　　ISBN 978-7-5552-6015-8

　　Ⅰ. ①你… Ⅱ. ①米… Ⅲ. ①故事－作品集－中国－当代 Ⅳ. ①I247.81

中国版本图书馆CIP数据核字（2017）第214282号

书　　　名	你可以很强大：有能力爱自己，有余力爱别人
著　　　者	米　粒
出版发行	青岛出版社
社　　　址	青岛市海尔路182号（266061）
本社网址	http://www.qdpub.com
邮购电话	010-85787680-8015　13335059110
	0532-85814750（传真）　0532-68068026
责任编辑	郭林祥
责任校对	贾松波
文字编辑	彼岸花
装帧设计	樱　瑄
照　　　排	孙顾芳
印　　　刷	三河市南阳印刷有限公司
出版日期	2017年9月第1版　　2017年9月第1次印刷
开　　　本	32开（880mm×1230mm）
印　　　张	8
字　　　数	100千
书　　　号	ISBN 978-7-5552-6015-8
定　　　价	36.00元

编校印装质量、盗版监督服务电话　4006532017　0532-68068638

建议陈列类别：畅销·文学

　　人生就是一辆开往终结的列车，没有人会自始至终地陪我们走完全程，当那些挚爱与你挥手惜别，即使再不舍得，也要笑着说声再见。

　　我们用尽一切办法帮爱情保驾护航，生怕它夭折在某个未曾预设的环节。可是我们忘了，笃定的爱情能够不屈不挠地生长，它存在的本身就足以抗击一切力量。

▲
▲

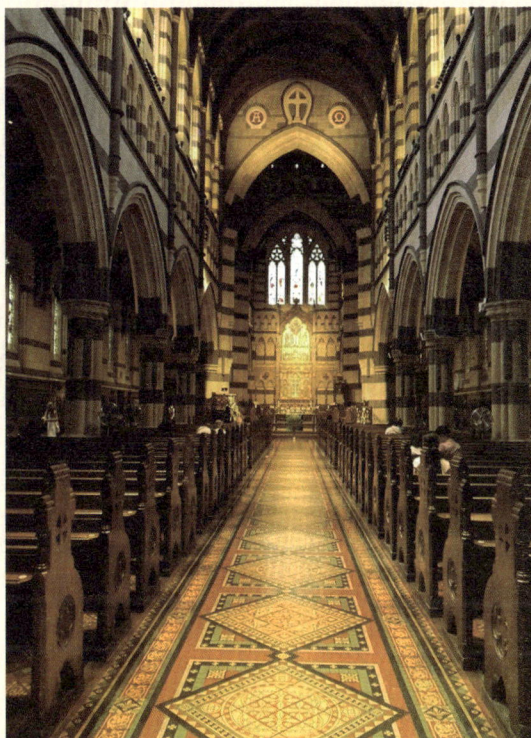

　　天长日久积累的不仅是习惯和爱，还有钝感和平淡。越熟悉
对方就越习惯对方，而越习惯彼此也就越无视彼此。对于偶尔的
小情绪和小抗议，我们太清楚怎么迂回和处理，每一条感情的回
路都那么清晰省力，按图索骥，想来这就是婚姻带给我们最大的
难题吧。

　　年轻的爱最无韧性，缺少时过境迁的圆融，也没有善解人意的包容。只管在围追阻截中闷头猛跑，以为拼尽全力去争取就能执子之手，与子偕老。

人们都说爱是一场马拉松，一同出发的人也许很快就不知所踪。余生陪伴我们的再也不是那个篮球场上只为你厮杀的英雄，也不是那个暴雨下苦等在楼下的书生，厨房里忙碌着的也不再是为了你的一句爱吃而七手八脚地忙活一中午的那个笨蛋。我们都在努力成为强者，却没时间、没耐心等爱情慢慢长大。

　　热闹喧嚣的城市，川流不息的人群，莫名其妙的电话，纷繁多样的美食，若是无缘，我们会走失在任何一个不经意的环节，成为擦肩而过的陌路人，一辈子不可能相识。难怪有人写道："所有的相逢都是蓄谋已久。"其实我更想说："每一场阴错阳差都是命中注定！"

我们卑微地穿过风，穿过人群，穿过伤害，却依旧相信爱，相信真情，用自己孱弱的臂膀努力为爱的人撑起一角天下，为他遮风挡雨也好，让他聊以慰藉也罢。我们在爱里踽踽独行，跌跌撞撞，不管最后他能不能看到我们微弱的光芒。

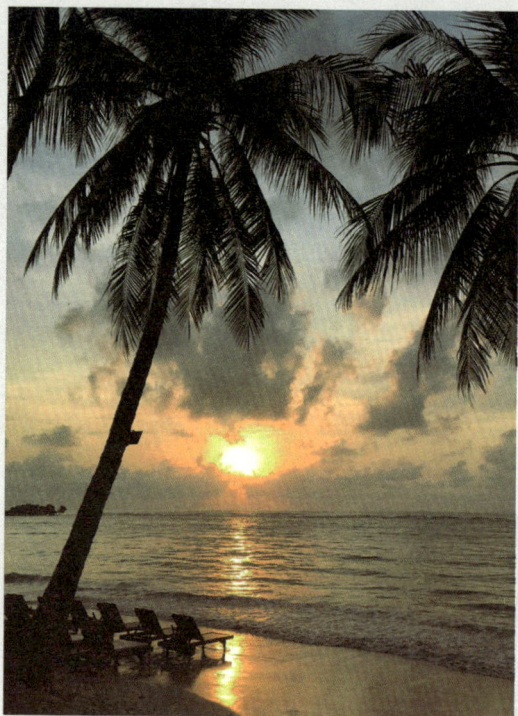

　　我知道现实会把我们步步紧逼，我知道汹涌的人流会把我们渐渐冲散。在这偌大的城市里，我必须寻到那个让我安身立命的安全感，我才敢去相信爱。

▲
▲

图片摄影/米粒

有 能 力 爱 自 己
有 余 力 爱 别 人

你可以
很 强大

C O N T E N T S

目录

推荐序 /001

人来人往，勿失勿忘 /005

你不知道的事 /011

各就各位，预备…… /019

爱情原来是棵多肉 /027

爱情里的大数据 /034

每一场阴错阳差都是命中注定 /040

请赔给我一个女朋友 /051

对不起，我不能只谈恋爱 /058

你有没有爱上我 /073

十年一恋，从未后悔 /082

你好，30岁以后的自己 /095

我只能从你的全世界路过 /107

有 能 力 爱 自 己
有 余 力 爱 别 人

你可以
很强大

C O N T E N T S

目录

每个姑娘都有自己的光芒　/111

我在你面前最孤独　/115

爱情报警了　/122

爱淡了，不怕，别轻易丢下　/135

相见不如怀念　/144

没有骑士和王子的少女时代　/158

幸好那年我没有被那顿饭吓跑　/163

那个很爱钱很爱钱的姑娘　/172

青春是一场错过　/181

有一种姑娘，注定不负青春　/193

每个人的心底都有一个名字　/203

我真的不会爱你　/215

爱情回来了，好好拥抱吧　/227

有能力爱自己，有余力爱别人　/238

推荐序

/01/

写文是个苦差事，静不下心的人不适合写文，急功近利的人也不适合写文。有时硬板凳一坐一整天，文稿修修改改几小时才能成型一篇文章，但所得的回报，甚至抵不上花费的电钱。

但还是要写文，再累再苦再清贫依然要写，哪怕没人看，没人摇旗呐喊、支持鼓励也要写，因为对写作的热爱，足以"发电"。

米粒就是这样能够用爱"发电"的人。

我与她神交许久，素未谋面，当初也是在偌大的网络中以文会友。一个人的性格、品性如何是能够从她的文章中看出来的，她对待事物的观点和态度，足以检验她的人品如何。很显然，在阅读米粒的文章时，我们的精神跨越时空的界线，遥相呼应，一拍即合。

有缘千里来相会不过如此。

我和米粒时常自嘲是"还未来得及红就已过气的写手"，幸运的是，因为努力和不放弃，得到大家的赏识。身为作者最开心的，也莫过于书写下的文章能够得到认可，记录于笔下的故事，能够带给别人感动。如果可以，还希望能够带给每一位读者一些正向积极的影响。

史铁生老师曾说："从心里流出来的东西，一定会流到心里去。"作者想要表达的想法，读者也能通过文字感受到力量。

所以对待写作，米粒始终虔诚又谨慎。

我们都不是量产的作者，几乎不会抢先什么热点，也不愿用出位博眼球，就是扎扎实实地埋头写文，也实实在在地同每一位读者交流。

也因此，米粒的每一次更新，都能给我带来新的思考与感动。那种感动不会随着时间的消逝而消逝，而是润物无声且历久弥新。这在浮躁的大环境下，是难能可贵的。

/02/

米粒的新书即将出版，邀我作序时，我实在是惶恐又惊喜，第一次为人作序，又是写作以来结识的最佳好友，一时千言万语汇聚在心，想法争先恐后地涌出来，谁料付诸笔端又变成春蚕吐丝，想说的太多，又担心读者嫌我啰嗦。

我眼中的米粒，温柔又有韧性，为人热心又知分寸。朋友里无论谁有什么问题、烦恼，或需要帮助，找米粒保准是最妥的，说得再仔细些，便是有人情味儿。

有人情味儿的作者，笔下的文字自然也沾染了主人的灵气与味道，因此米粒作品中的人物，时常让人分不清是真是幻，在他们的身上，多多少少总能看见身边人的影子。而她笔下的故事情节和走向，对现实生活中我们遇到的诸多问题，更是富有借鉴性。

米粒写过剩女，写过偌大的城市里，两个人因为一通打错的外卖电话缔结缘分；写过婚姻中的相处之道。只要你沉下心去阅读，在米粒的文字里，你能找到一切曾经困扰过你的问题和思考。

写作是一个需要不断输出和输入的过程，作家也需要掌握透过现象看本质的能力，而掌握这种能力唯一的办法，就是不断地学习，不断地思考，对一切保持好奇，求知若渴，虚怀若谷。

年初米粒和我说有写长篇小说的打算，正在研究小说技巧。我自己是百分百的小说爱好者，外加写作的缘故，知道写好一本小说有多难，单靠天赋还不够，还需要努力、坚持和毅力，但我相信米粒一定能够做到这些。

因为她像一个登山者。

有的人站在山脚下，见高山巍峨便心生畏惧止步不前。有的人吭哧吭哧爬到半山腰，便满足现状，也不再努力。而米粒是不断向上攀爬的人，她写情感文写出数十篇10w+后，并没有重复自己熟悉的旧路，而是转型尝试写小说。又在短篇小说备受喜爱后，去尝试挑战更难的长篇。

只有不断向上攀爬的人，才能收获站在顶峰的无尽风光。更难能可贵的是，攀爬的人心无杂念，她不断向上攀爬，并不是为了超过任何人，只是单纯地因为爱好，因为梦想。

一如我开头说的，米粒是用爱"发电"的人。这样的人最单纯，笔下的文字也就越透彻。

我曾经思考过写作的意义，写作是一个你来我往的过程，作者讲故事，读者听故事，如果没有人听故事，那讲故事也就没了意义。

所以光有笔者在这里兀自感动，也是没有意义，还需要读到此处的您，认真地翻开这本书，阅读书中的每一个故事，与作者来一次隔空呼应的精神交流。

因此，我再一次将这本来自我朋友米粒的作品集，真诚地推荐给您。

相信我，你会在这里收获前所未有的惊喜与感动。

桃啃笙

2017.5.20

人来人往，勿失勿忘

我们此刻挥霍的是有些人永远也到不了的未来，当我们还能停留在这个世间，唯一能做的就是好好地活着，用力地爱。

/01/

四个人一起从牙牙学语到娶妻生子，是一种什么感觉？别人一写就是青梅竹马，两小无猜，而我的记忆里全是郎骑竹马来，绕床抢竹马。整栋楼只有我们四个秃小子每天拖着长长的鼻涕上蹿下跳地追跑打闹，这一闹，就闹了三十几年。

　　《古惑仔》流行的时候，我们都把头发剃成短寸，歃血为盟，发誓做一辈子的兄弟，绝不为名利和女人翻脸。隆重的仪式在小伟家的厨房里举行，用的是他爸刚宰过鱼的刀，南哥说刚见过血的刀能挡煞气，威力无穷。于是噌噌两下，碗里就流了一摊。吓得我们几个目瞪口呆，手脚冰凉。后来据点被端，我们让各自的老妈当着左邻右舍的面，一步一踹地踢回了家。

　　有一阵《流星花园》风靡全国，我们自封为曙光路F4，所到之处花见花开，车见爆胎。发型都蓄成道民寺那样，说话必须插兜，打架必须团殴，追女生必须先从欺负她开始。那时我们走在路上，像四个匀速滚动的高矮不一的菠萝，最后的下场是高喊着"宁为束发鬼，不作剃头人"，然后被教导主任和三个体育老师揪进理发馆，严刑拷打，慷慨就义。

　　小伟结婚的时候，正座上就孤零零地坐着他妈妈，南哥和阿坤都哭了。小伟学习成绩好，考上了外地的大学。我们其余三个都在本地读大专。那年大学要交四千多元的学费，小伟爸爸是货车司机，多接了一趟长途，没想到因疲劳驾驶，拐弯的时候连人带车翻进了山沟。这是我第一次如此近地接触死亡，可是比死亡更沉重的是小伟的自责和内疚。大学报到的日子越来越近，谁也劝不动他走出这个家门。我打也打过，骂也骂过，有时候他自己想不明白，谁也没有办法。我自作主张地拿了小伟的录取通知书和成绩单，买了一张火车票，站了八个小时，来到小伟的大学，和负责新生入学的老师谈了很久，为小伟办理了半学期的休学。那年冬天格外漫长，春暖花开的时候，小伟去上学了。

虽然我结婚晚，但我闺女和小伟家的儿子同一天出生。早晨我刚和媳妇说小伟拔得头筹，率先生了个大胖小子，中午，媳妇就破水了，生了十个小时，总算在凌晨前把女儿给我送了出来。我隔着玻璃远远地看了她一眼，然后告诉自己，这辈子咱就算是有情人了。

南哥和阿坤在换了无数个女朋友后，不约而同地选择了这个世界上最威武的一类女生——女汉子，两位女侠性子刚烈，身手敏捷，拳打南山猛虎，脚踢北海蛟龙。从此南哥和阿坤放下情刀，立地成父，和我们一样过起了相妇教子的安稳日子。

放假的时候，我们四家人开着三辆车到处旅行。最远的地方到过青海，开了两天两夜，就为了去茶卡盐湖看日出。当太阳纵身跃出地平线，世间万物都笼上一层柔软的金黄，我们雀跃地看着志得意满的彼此，抱着孩子，搂着娇妻，陪着知己。这就是我们想过的人生啊！我希望等到六十岁、七十岁，甚至一百岁，我们四家人还扶老携幼、相亲相爱地在一起。

/02/

小伟出事的那天晚上，我喝多了。媳妇怎么也叫不醒我。她的泪大滴大滴地落在我的脸上，变成了我的噩梦。我梦见，清冷的月光里，我独自走在海边，沙子特别硌脚，我越走越疼，越走越疼，一回头，沿途都是血迹，然后一个大浪打来，睁开眼，媳妇哭着说，小伟不行了。

赶到医院时，小伟媳妇抱着他，南哥和阿坤都在。到处都是明晃晃的白。医生说我们尽力了。我咆哮，我哭喊，我跪着说求求你，这里救不活了就转到北京去，花多少钱都行。这不是连续剧，这是我们苍白无力的人生。

我连夜跟着救护车上了北京，留下南哥和阿坤照顾小伟的母亲和儿子。救护车响了几个小时，才开进北京城。我们到了最知名的医院，用了最先进的仪器，抢救了很久。医生说小伟一度又有了心跳，可没过多久，小伟还是永远地离开了。小伟因为父亲的事，绝不学车。每次出去，都赖着坐我的车。他说过，开车太危险，这辈子不想再有遗憾，只想安安稳稳地照顾家人，陪伴朋友。可他却在一个最普通的夜晚，走在最熟悉的人行道上，被一个刚刚拿到驾照的新手司机夺去了生命。

我的心里像压着一块巨大的石头，喘不上气。可我没有时间悲痛，对方提出，小伟横穿马路，要负次要责任。若说还能为小伟做点儿什么，我想就是要把这场官司打到底。我没有完全依靠律师，我办了停薪留职，全心投入到寻找证据这件事中。我在网上发布信息，在出事的路上张贴告示，二十四小时关注手机、微信，寻找目击证人。而南哥和阿坤负责与交通大队沟通，女人们照顾小伟的母亲和媳妇，接送小伟儿子上下学。

终于有人愿意出庭做证了，他说当时他就在路口抽烟，看见一辆宝马撞飞了人行道上的小伟。他说这个路口没有监控录像，所以他的话一字千金。后来他反悔了，要一字万金。

开庭的那天早晨，我刚要出门，女儿拉着我的衣角问："小伟爸爸去哪儿了？有人说，他的心被撞碎了，是真的吗？"我狠狠地抱起女儿，一大滴泪啪地掉到地上。

小伟，我想告诉你，尘埃落定，官司打赢了。伯母的身体还在康复中，你放心。我把房子卖了，换到了你家楼下。阿坤的媳妇又怀了。南哥想去北京发展。我们还是常常聚会，可是聊着聊着，大家就会突然安静，这沉默让人猝不及防。是的，我们的心都破了一个洞，再也填不满了。

/03/

有一天下午，我买菜回家。过路口的时候，看见川流不息的人群里有一个背影特别像你，我当时恍惚了，叫着你名字就冲了上去。走近了才意识到自己的荒唐，转过头，只见公交车站广告栏电影《亲爱的》的巨型海报上写着：人来人往，勿失勿忘。可是我们已经失去了你，我们真的失去了你。

小伟，谁都不知意外和明天哪一个先来。

我把这些写出来，是想告诉所有人，我们此刻挥霍的是有些人永远也到不了的未来，当我们还能停留在这个世间，唯一能做的就是好好地活着，用力地爱。

你不知道的事

我等了很久很久，都没有等到你的回信。偌大的机场，无数的痴男怨女痛哭流涕。孤零零的我彻底失去了你。

你不知道，在分手的第八天，我又梦见了阳光里你手捧着鲜花走向了我。

你不知道，在分手的第十五天，我又情不自禁地点开了你的微信。

你不知道，在分手的第三十九天，我又在川流不息的人群里错认了一个背影。

你不知道，突然锋利的回忆里，我要多用力才能忍住不哭泣。

/01/

单曲循环是每一场失败恋情的片尾曲。

那年夏天，我属于《可不可以不勇敢》，全宿舍的人陪着我在低气压团里待了整整三个月，然后我们青葱的大学岁月就结束了。

我很感激只有三个月，我再也不用因为偶然和你在同一个食堂吃饭而食不下咽，光是看到你的侧脸，我就已经泣不成声，泪流满面。

我也不用再避开你常去的二层自习室，不用再绕开男生宿舍楼，不用再徒步走到离学校很远的公交车站。当我知道，我们的生活已经是两条平行线，我能做的只有避免见面。

只有一次，我们在昏暗的楼道里狭路相逢，我们几乎是同时意识到了对方的存在，然后踟蹰地、犹豫地慢慢前行。目光相遇的那一刻，你紧张而僵硬地冲我点头。我咬紧牙关微笑，然后在擦肩而过的瞬间泪如雨下，任往事如潮水般涌来。

/02/

刚上大一的时候，我们还没有注意到彼此。有一次下体育课，我突然发现全班女生都围在操场的一角叽叽喳喳地叫个不停，拨开人群才发现，是你在和化学系的男生打篮球。你一会儿突破过人，一会儿胯下运球，搞得周围的女生尖叫连连。我拉着闺密，一脸嫌弃地挤出了人群。浮夸是你留给我的第一个印象。

没想到，户外社团里又和你撞见。那次是社里组织爬八达岭长城。你的身边已有佳人陪伴，我偷偷打量着那位美女，个子高挑，容貌艳丽，举手投足间都是风情。闺密努着嘴低声说："够高调的呀，刚大一就带出来了。"

"管人家呢。"我拉着她一路小跑，冲在了前面。

还没爬到一半，我和闺密就筋疲力尽，且弹尽粮绝，眼看着被闲庭信步的你和女友追了上来。你看着我手里的空矿泉水瓶，什么也没说，擦身而过的时候默默地塞给了我一瓶矿泉水。我愣在原地，好半天缓不过神来。

"什么意思呀？"闺密气急败坏地说，"我这儿也渴着呢。"

温暖是你留给我的第二个印象。

回城的路上赶上晚高峰，大老远就看到公交车站里排着里三层外三层的人。完喽，回不去喽，闺密一屁股坐在地上再也爬不起来了。

眼见夕阳落山，暮色四合，我们等了三辆车都没挤上去，心里越来越焦急。每辆车都塞到无以复加，然后被众人推上门才慢吞吞地拖着巨大的肚子东倒西歪地开走。我和闺密在疯狂的人群里失去了方向，正披头散发地寻找着对方，突然一双大手在身后稳住了我的肩膀。回过头，竟然是你。

你有力的臂膀隔开了我和这喧闹的人流，我第一次这么近距离地看着你的脸，那清秀的眉眼和冷峻的线条像一道刺眼的光，一下子照进了我的心田。有那么一秒我们是完全对视的，我慌得赶紧低下头，生怕羞涩的眼神泄露了我的心思。

"别怕。"这是你和我说的第一句话。在那样"兵荒马乱"的时刻，因为这句话，我的心像四月的风一样温暖而柔软。

你拉着我和闺密，顺着人流挤到车门前，在开门的那个刹那，一股巨大的力量推着我俩冲进了车厢，而你因为反作用力陷进了人群的漩涡。我急得转过身去拽你，却被疯狂占座的人群推到了一边。我们隔着的人越来越多，我伸在空中的手慌乱地摇摆，我大声叫着你的名字，一点点地努力靠近你的方向。这场景在分手后很多个日子里，依旧是我最常温习的梦境。

我们的手终于拉在了一起，在嘈杂混乱的车厢里，谁也没有发现。

东倒西歪、拥挤不堪的919路公交，成了我们爱情的发源地。闺密瘫坐在椅子上浑然不知地睡了一路。而我躲在你深深的臂弯里，闻着你身上淡淡的阳光的香气，激动得头晕目眩、面红耳赤。

突然，我想起来了："你的女朋友呢？"

你大笑："那是我姐姐，已经被她男朋友接走了。"

"我还以为……"

"你以为什么？"你坏坏地看着我。

/03/

自习室和图书馆是我们爱情的主战场。我们有太多的相似点，一样勤奋，一样好胜，一样敏感。

大一下半学期可以考公共英语四级了，全班通过的人里，只有我们俩上了九十分。一等奖学金从来就没有花落旁家。

大二的时候，我们同时在外院申请学习第二外语。

大三下半学期，我们开始和研究生导师见面沟通，挑选未来研究的方向。

等到大四，我们系获得了一个去美国交流学习的名额，为期一年。此时我们才发现，在人生这座大山面前，我们和所有人一起出发，一路扶持、一路艰难地攀爬。我们看到大部分人半途而废，与我们情愿或不情愿地挥手告别。记得黑泽明在《蛤蟆的油》里曾经写过，当他通过了初试、复试、三试后，进到了山本嘉次郎先生的摄制组，终于感到山顶的风吹到了自己的脸上。长时间艰苦走山路的人，快到山顶的时候会感到迎面吹来一阵凉爽的风，这风一吹到脸上，登山的人就知道快到山顶了。而我和你，一方面欣喜于即将登顶的成功，另一方面却发现，到最后，真正的对手竟然只剩下我和你。

我们发现，我们多爱对方一分，就让对手增强一分。我们多思念对方一秒，就让自己卑微了一秒。我们注定是天敌，在通往成功的小径上狭路相逢，因为我们在骨子里都需要给自己的付出一个交代。

笔试的前一天，你来找我。表面上风平浪静，我们的内心却暗潮汹涌。临走前，你对我说，明天一定要全力以赴，不让人生有任何遗憾。我点头，泪水在月色里悄然滑落。

我们各自闭关修炼，一路过关斩将，终于在面试的考场外遇到了彼此。你瘦了好多，满脸疲惫，眼窝深陷。最后这一仗，我们终于退无可退，避无可避地近身肉搏、正面交锋了。

名单是隔天公布的。

有我无你。

当天晚上，你提出了分手。我哭着说，是不是因为你输给了你的女朋友，所以你就要这样残忍地惩罚我？你说过要全力以赴、不留遗憾的。

你苦笑着说："我输给谁都可以，除了自己的女朋友。

我们分手吧，你还有很多事要准备呢。"

你头也不回地消失在路口，任凭我无力的呼唤在暗夜里嘶吼。

此后我疯狂地背"红宝书"，练口语，做翻译。三个月后，我如愿登上了去往洛杉矶的飞机。临行前，我给你发了微信，我写道："再见。"我等了很久很久，都没有等到你的回信。偌大的机场，无数的痴男怨女痛哭流涕。孤零零的我彻底失去了你。

/04/

在美国的这一年里，我不断地从闺密那里听到关于你的消息。

你以全国第一名的优异成绩考上了心仪导师的研究生。

你越来越帅了。

某天中午，你和一个胖胖的女生在学五食堂吃了一顿饭。

闺密总是问我，你什么时候回来？我翻着日历，一天一天地熬。终于，到了回程的日子。老爸把我接回了家。我睡在自己温暖的小床上，一大早被妈妈精心制作的蔬菜疙瘩汤香醒，然后睡眼惺忪地爬起来，从写字台上摸出了手机。

突然，嘀嘀，手机响起，上面赫然出现了你的信息：

　　你不知道，在爱上你的第十三天，为了吸引你的注意，我在篮球场上，拼尽全力地耍酷，第二天腰酸背疼，连下床都困难。

　　你不知道，在爱上你的第二十五天，我因为看见了你的名字才报了最不喜欢的户外爬山社团，还特意拉姐姐来试探你，被她嘲笑到了现在。

　　你不知道，在爱上你的第四十六天，我发现你真的很聪明，我必须奋力奔跑才能追上你的脚步。每天和你一起下了晚自习，我还要偷偷跑到男生宿舍的地下室里苦学到深夜，才能保证在下一次和你的名字一同出现。

　　你不知道，在爱上你的第一千零七十八天，美国大学的那次招生，我输给我最爱的人，我心服口服，虽败犹荣。但我不能让你左顾右盼，我太了解你，越艰难的处境越能激发出你的斗志。

　　你不知道，在爱上你的第一千两百九十六天，我偷偷去机场送你，不敢露面，不敢流泪，不敢回你的短信，我怕你知道我的不舍，我怕这不舍会变成你向前的牵绊。

　　你不知道，我押上一生的幸福与快乐赌你会回来。

　　你不知道，此刻，我就站在你家的对面。

各就各位，预备……

我就是一棵无人知道的小草，可以的话，我愿意
永远这么默默无闻下去。

/01/

"各就各位，预备——跑！"

一声枪响，大学里第一次运动会的4×100米开始了。

前三棒中文系都落后了，最后一棒是林轩，鼎鼎大名的
才子林轩。万众瞩目中，他犹如一头小鹿，轻盈地出发了。
一个！又超了一个！在接近终点20米的地方，他一点点地逼
近第一名。

"林轩！超他！超他！超了他，老娘就追你！"此刻咆哮嘶吼的是我们宿舍的老大——小楠姐。

"都看个屁呀！"小楠姐冲着周围一圈目瞪口呆的软妹子呲着牙。再一抬眼，林轩真得第一了。

"有意思！"小楠姐一把薅过我，开心得用手指随意地往天上一画，大声说："从此林轩就是我的了。我先礼后兵啊。各位，对不住了。以后人挡杀人，佛挡杀佛。"

她夸张地用右手在脖子下划拉出个刀形。然后诡异地附在我耳边低声说："我这次是认真的。"

"你哪次不认真？"我嗫嚅道。

她一脸坏笑："你还小，不懂，这女追男，隔层纱。"

咔一声，我听见我的心裂了。

/02/

结果，小楠姐这女追男愣是追出了喜马拉雅山的难度。

因为小楠姐早就颁出了江湖追杀令，谁也不敢明目张胆地再对林轩造次。上大课时，林轩方圆五米内不再有适龄雌性，以前那些高调的追求者都隐没了行迹，转为地下活动。表面上，小楠姐形势一片大好。

可是林轩对小楠姐的苦心毫无反应。有几次小楠姐拦住林轩的去路，林轩好言相劝地拒绝了。再后来，遇到小楠姐要横，林轩就不再遮掩。送礼物不收，打电话不接，写情书不回。

小楠姐说，坏了，这次崴泥，丢人丢大了。

后来我们才知道，造化弄人。那天运动会的看台上，就在小楠姐挥毫泼墨、指点江山的时候，林轩的铁磁大伟一眼就看上了这位意气风发、雌雄同体的小楠姐，哭着喊着让大家帮他"人肉"这位英姿飒爽的姑娘。打听到了以后，把小楠姐的名字郑重地写在了男生宿舍传达室的黑板上，向全体男生高调宣战。

这下子，蒙在鼓里的小楠姐比林轩还出名呢。

/03/

可当时我们都不知道这些呀。

小楠姐还是拉着我对林轩围追堵截。那时候中文系正在举办新生羽毛球比赛，林轩报名了。从此小楠姐拉着我每场不落地捧场，看着林轩在场上吊扣劈抽，闪挪腾跃，花痴得直流口水。

后来是乒乓球赛。

后来是足球赛。

后来是篮球赛。

我就这样跟在小楠姐的身边，看着她尖叫示爱，欢呼雀跃，听着她讲林轩举办的文学社，还有林轩在迎新会上精彩的钢琴表演，林林总总全是优点。然后在最喧嚣、最热闹的赛点上，偷偷地小声喊："林轩，加油！"

小楠姐就这样穷追猛打了一个月，可就是不见成效。每天宿舍里熄了灯，小楠姐都得爬过来挤在我的床上，揣测林轩没有中招的幕后真相。

"不应该呀？姐这么花容月貌、一表人才，他怎么一点反应都没有哇？"小楠姐嘟嘟囔囔了一会儿，就打着呼噜睡着了。

/04/

再后来，忍无可忍的大伟出招了。

他看着小楠姐每天疯疯癫癫地追林轩，早就气得七窍生烟。终于在一个黑云压顶的黄昏，把小楠姐堵到了教学楼的天台上摊牌。

大伟说："你醒醒吧。林轩不喜欢你这种类型的。"

小楠姐嘴硬得很："我警告你呀，你这是造谣诬陷。你怎么知道林轩不喜欢我？"

大伟说："我不知道林轩为什么不喜欢你，但是我喜欢你。"

当时，咔嚓一声炸雷就在脑袋顶上劈开了，小楠姐因为伤心惊惧，吓得一屁股坐在了天台堆放的垃圾上，当时就把大腿根扎破了，疼得小楠姐号啕大哭，吱哇乱叫。

模糊中，大伟夹着伞，背着痛哭流涕的她在大雨里跑了二十多分钟。赶到医务室的时候脚上都是血。一开始，小楠姐以为是自己流的，差点儿哭昏过去。后来才发现这些血都是大伟的，医生说可能是过水坑的时候被碎玻璃扎伤了脚。可大伟说当时根本没觉得疼，满脑子都想着赶紧救小楠。

结果是，小楠姐贴了个创口贴就出来了，而大伟得包扎住院，打破伤风。林轩陪着小楠来看过几次大伟，这时小楠姐才发现自己的眼睛不再只盯着林轩看了。大伟对她那么好，不管她怎么耍赖犯浑，大伟都哄着她，生怕她生气着急，相比起冷冰冰的林轩，谁更适合做男朋友就显而易见了。

"小楠，你看大伟多在意你。"林轩一手推来大伟，小楠姐少见羞涩地低下了头。

然后小楠姐就和大伟开始了没羞没臊的幸福生活。我们宿舍卧谈会的话题也随之变成了——"大伟为什么这么暖啊。""大伟为什么那么好啊。"

有一天晚上，小楠姐爬到我的床上，小声问："其实，你也喜欢林轩，对吧？"

我吓得连连摆手。

小楠姐说："我早就看出来了，就你那刺啦刺啦的小眼神。不过没事，你别怕，有姐和你大伟哥替你撑腰。不管怎么样，一定要趁着青春疯狂一把。我虽然没追上林轩，但是我不后悔。我知道了这世界上有个叫大伟的男孩更适合我。所以，你一定不要放弃。别忘了，女追男，隔层纱。"

/05/

于是，我战战兢兢地开始了追求林轩的隐秘之旅。

下课了，听见他管大伟借笔记，我就悄悄地复印了一份，写上林轩的名字搁到了男生宿舍的收发室。

过生日的时候，我偷偷地买了一块蛋糕，趁着夜色放到了林轩的自行车筐里。

下雨前，我一定用陌生的号码发短信提醒林轩带伞。

我就是一棵无人知道的小草，可以的话，我愿意永远这么默默无闻下去。

突然，有一天下了体育课，小楠姐不容分说地拉我来到操场的跑道上，说有个神秘人士找我。我惊讶地发现，林轩，还有我们两个宿舍的人几乎都在。

林轩就站在跑道上微笑地看着我，午后的阳光温柔地洒在他的身上。

我目瞪口呆地看着众人，心里扑通扑通地跳个不停。

林轩就这样在众目睽睽下问我："复习资料是你送的

吧，生日蛋糕也是你送的吧，还有，那些天气预报也是你发的吧？"

我支支吾吾地不敢抬头。

小楠姐和大伟带着众人开始起哄。我急得面红耳赤，想要夺路而逃。

林轩一把抓住我，说："这样，我们来赛跑，一百米，你跑赢了，我们就在一起。"

大家被这句话惊呆了，呼地一下安静了下来。

"怎么可能，你是一百米的校纪录保持者，我根本不可能赢。你干吗不直接拒绝我！"我委屈得眼泪夺眶而出。

"没种！比都不敢比！你像我小楠的姐妹吗？想想我跟你说的话！不到最后一秒绝不放弃！"小楠冲着我拼命地挤眼睛。

我深吸了一口气，好吧，小草也有尊严，小草也不能轻易认输。我横着眼睛，看着始终微笑着的林轩，一咬牙说："好，比就比！"

"有种！"大家一片欢呼。

我和林轩就这样在众人的注视下站在了各自的起跑线上。此时鸦雀无声。

大伟发令："各就各位，预备——"

我咬紧牙关，用力摆臂，后脚狠狠地蹬着地，准备随时嗖的一声蹿出去。

突然，我被旁边的一股外力拽了过去，啪地摔在了林轩宽阔的胸膛上。

等我缓过神来，才发现自己已经被林轩紧紧地抱在了怀里。

林轩一脸柔情地看着我，低声附在我耳边说："准备好了吗？"

"准备什么？"我羞得面红耳赤。

大家冲上来一起喊道：

"各就各位，预备——爱！"

爱情原来是棵多肉

> 我终于见到了爱情本来的样子，实实在在，稳稳当当。爱情不能靠想象，爱是寒冬里的一碗热汤，是酷暑里的一阵清凉，爱应该是用心的奉献和陪伴。

"谁会把仙人掌养成三叉戟？"看着那些徒长的多肉，晓柯心疼地咬了一口苹果。

"这叫澎珊瑚，我真的是按照书上写的方法做的。阳光充足，半阴耐干，还每月一次施肥，怎么养出来的样子和图片不一样啊？"我嘟哝着抱怨。

"这就跟爱情一样，哪段爱情是照着书本、凭着想象谈出来的？"晓柯忽闪着大眼睛看着我。

好有道理的样子。

我们以为爱情最好是门当户对，结果蔡少芬在飞短流长里下嫁了武生张晋，结果比翼双飞、恩爱无比。

我们以为爱情最好是年龄相仿，结果孙中山和宋庆龄相差二十七岁，终成眷属，情深意笃，不离不弃。

可见，爱情从来就没有什么金科玉律，你看王祖蓝和李亚男，你看我和晓柯。

/01/

第一次见他是在幼儿园。我俩当时哭得惨绝人寰，然后各自拖着长长的鼻涕蹲在教室的角落里想妈妈。后来他先走过来杵我，压低声音说让我陪他一起翻墙，我俩打算趁大家午休的时候从后门逃出去。没想到当天中午的伙食格外好，我们一致商议暂时放弃这项计划，等吃完晚饭再跑。结果刚吃完，妈妈就来接我们了。所以，我俩幼儿园的第一天是在一个又一个的阴谋里愉快地度过的。

这段遥远的历史，最早记录在晓柯同学小学二年级的作文里，题目叫"难忘的一天"。可是我丝毫想不起来他说的这些事，倒是对他每天中午在对面床上睁着眼睛尿床记忆犹新。

小学里只要有人逗他，问："晓柯呀，你长大了想娶谁做老婆呀？"他都会毫不犹豫地说娶米粒。大人笑倒一片。那时候晓柯不懂，大人笑，他也跟着笑。我就问他："你娶我干什么？"他偷偷说："娶你是为了能和你一起看《西游记》。"

　　等上了四年级，晓柯就不再说要娶我了。不知从哪天起，他不再拉着我上学，也不跟着我，逗我笑。他总是跟着男生玩，即使在学校远远地看见我，也是抄起地上的小石头扔我，或是躲到角落里吓我一大跳，然后号叫着一溜烟地跑去踢他们班傻胖的屁股。

/02/

　　初中的时候，我俩还是一个学校。我一腔孤勇地喜欢上了隔壁班的校草——念风，他恰好是晓柯的同桌。于是，我比任何人都更清楚念风的八字、三围、喜好特长、脾气秉性，每天回到家，我都强迫晓柯给我讲念风的一天，讲他有没有和哪个女生特别亲近，有没有收到来路不明的礼物。到后来，我的胆子越来越大，逼迫晓柯给我截获各类情书字条，务必做到五步之内生人勿近。

　　整个青春期我都在喜欢这个男生。他简直是我理想爱情的范本——高瘦清俊，时而阳光，时而忧郁。我喜欢看他奔跑在晨光里，喜欢看他拼杀在球场上，喜欢处心积虑地和他擦肩而过。

喜欢一个人真的是又甜蜜又辛苦，我每天都收集和整理着有关念风的各种消息，我的写字台下压着念风的某张笔记，床边粘着念风满分的数学试卷，书包里背着念风用过的圆珠笔。突然，我再也得不到念风的第一手消息了，我的眼线不见了——晓柯搬家了，转到很远的地方去上学。

我就这样和晓柯走散在茫茫人海，和他一起消失的还有我未完待续的爱情。没有了晓柯，念风就像是湛蓝天空里偶尔飘过的风筝，我只能远远地看着他飞翔，再也无法判断他的方向。

/03/

等我再见到晓柯的时候，竟然是十年之后的相亲现场。他戴着厚厚的黑框眼镜，在我的对面正襟危坐。左边是他妈，右边是我妈。

而我，木呆呆地看着对面这个号称从小跟我一块儿和泥巴的发小，惊讶和失望之情溢于言表。

记忆里的晓柯白净高挑，恍惚中还有一丝彭于晏般坏坏的笑颜，可是眼前的这位，浓眉大眼，又高又壮，除了神态还有些儿时的呆萌，其余真的完全认不出来。

这真的是晓柯吗？

自从我妈着手给我张罗相亲开始，我就没遇到一个靠谱的适龄男子。不是介绍人瞒报了对方的年纪，就是见面后货不对板，一拍两瞪眼。我早就发誓再也不相亲了，结果这次我妈发大招，居然搜心挖胆地找到了晓柯妈妈的联系方式，正巧晓柯也没有女朋友。二老一合计，这知根知底、青梅竹马的，心里多踏实！结果青梅还是那个瘦青梅，可这竹马却长成了大骆驼。

我深深地低下头，喝了一口水。这是我和老妈定的暗号：如果不满意，我就一言不发，低头喝水，接着老妈就发话，礼貌离席。

我把头埋在清茶的氤氲里，等着老妈做总结陈词。

"我看这晓柯不错，人也实在。工作嘛也可以，年轻人只要肯努力都错不了。我先表个态，我跟他爸肯定是没意见，关键看俩孩子。"老妈呷了一口茶，铿锵有力地说。

这是什么情况？我猛地抬起头，瞪大了眼睛瞅着我妈，挑着眉毛，把嘴和鼻子都挤歪了，老妈还是视而不见，最后居然挽着晓柯妈妈的手，老姐俩亲密地逛街去了，剩下我目瞪口呆地鼓着腮帮子运气。

"说吧，怎么回事？你和我妈什么时候勾结在一起的？"等我妈走远，我迫不及待地打开天窗。

"也没有，就最近陪阿姨逛了两次街。"晓柯推了推眼镜，诚恳地看着我说。

我想起昨晚上老妈拍着胸脯，高喊婚姻自由、爱情至上时那信誓旦旦的神情，深深地意识到自己还是"图样图森破"（网络用语，英文too young，too simple的谐音，意为太年轻，太天真），姜果然还是老的辣。这一招明修栈道、暗度陈仓实在是妙，弄得我骑虎难下，欲走不能。

"陪我妈逛街一定很辛苦，她可以一边唠叨，一边从开门逛到关门，让你身心疲惫，五内俱焚。"我小声说。

"不辛苦，不辛苦。我，我就是觉得为了你，我应该尽力，不管结果怎样，我都不后悔。"晓柯摸着脑袋傻笑着说。

我看着眼前的晓柯，想起了儿时的他信誓旦旦地说要娶我的样子，想起了他为我鞍前马后打探消息。我忽然意识到，这么多年，我对爱情的印象还是停留在表面。我只喜欢我脑海中认为我应该喜欢的东西，和想象中的男孩谈恋爱，就像念风，到最后我都分不清楚我是喜欢念风，还是喜欢晓柯嘴里的念风。在如今这个事事都讲回报率的社会，能义无反顾尽全力去爱你的人真的不多。虽然他并不是我想象中白马王子的样子，但至少这份坚定让我愿意给彼此一个开始。

/04/

两年后，我和晓柯登记结了婚。

我终于见到了爱情本来的样子，实实在在，稳稳当当。爱情不能靠想象，爱是寒冬里的一碗热汤，是酷暑里的一阵清凉，爱应该是用心的奉献和陪伴。

　　这两年里，晓柯苦练的拿手菜都是我爱吃的美味，埋头做攻略的都是我想去的地方，我终于知道了爱情原来是棵多肉哇，长得和理想中的也许不一样。即使我们掐着日子浇水，每天定时晒太阳，可它还是不会完全依照我们的心思。也许它就会变粗徒长，也许它就会不对称、不优雅，可是那些旁枝斜逸、盘根错节未必不是老天爷给你最好的安排。

　　"谁会把仙人掌养成三叉戟？"赶来参观婚房的表妹指着窗台上那盆徒长的多肉问我。

　　我看着夕阳里泛黄的澎珊瑚，舒卷的周身洒满了温柔的余晖，突然觉得这才是它最美的模样。

爱情里的大数据

我相信，这些恋爱里的"小确幸"只是想提醒我们，在努力奔跑的日子里，再忙再累，相爱的人也不要松开彼此的手。

/01/

本月见面：5次

累计时长：47个小时

花费：738元

爽约：3次

迟到：2次

吵架：11次

冷战：2.5天

看电影：1次

谈话：1079句，其中1078句无效

预计下次吵架时间：2天后

当亚君拿到我列出的恋爱大数据时，惊讶得目瞪口呆。

"你，你是怎么统计出来的？"他一把夺过单子上下打量着，"等等，为什么1078句无效？"

"因为这个月，你只说过一句我爱你。"

亚君是个IT男，每天都和这些大数据打交道，分析解决后台系统程序里的各种bug（在电脑系统或程序中隐藏的一些未被发现的缺陷或漏洞）。

可是现在，我们的爱情也出现了恶性bug，随时面临着程序闪退、服务器断开，甚至整个系统瘫痪死机。因为我不想再过这样的日子了。上个月，他平均下班时间是8点25分，有两个周末都全天加班。因为工作繁重，他的业余生活简直就像个老年人，看个电影能从片头曲睡到片尾曲，逛街最多坚持两个小时，吃饭就找各种粥店，他说平时加班总错过饭点儿，除了喝粥，吃什么胃都不舒服。

我也知道他的辛苦，心疼他的付出。但最近他的话越来越少，打电话就像打游击一样，总怕忙碌的同事看到了影响不好。我和他吵过几次，最多能改善三天，之后又原形毕露，故态复萌。

我知道如果不爱了，忙是分手最体面的理由。每次问他还爱不爱我，他都一脸疲惫地让我别闹。我心里盘算，也许可以借助科学数据自己分析出他到底还爱不爱我。于是从9月1日0时0分开始，我偷偷地在Excel上创建了一个新表格。每日汇总更新，统计分析，终于得出了我和亚君本月的恋爱大数据。

在他最熟悉的数字面前，亚君满腹委屈又无力辩驳。所有的解释在数据面前都显得苍白无力。亚君看我如黑云压顶般有备而来，顿时没了底，蔫蔫地窝在沙发上，眼里闪烁着慌乱。

"那最后，你得出了什么结论？"亚君弱弱地问。

是呀，我到底想干什么呢？这么费心地统计出各项数据真的就可以算出他爱我还是不爱我吗？我轰轰烈烈地开了头，此刻却不知道如何收尾。

"从这些数据可以看出，你不够爱我。"我虚张声势地下了结论，可心里隐隐觉得不安，这样说，对亚君真的公平吗？

我知道他是个勤勉努力的五好青年，为了能在北京扎下根，他从大四就开始到处打工，积累经验。毕了业，从几千人里杀出重围，如愿进了国内最知名的门户网站。二十多岁打拼事业的男生就像个搬砖工人，抱着砖就抱不了你，抱了你就搬不了砖。爱情和面包有时可以兼得，但是时间永远不可能叠加。加班就陪不了你，陪你就不能加班。

当这些道理还停留在理论层面的时候，我非常能够理解，也深表同情。但当亚君第三次因为产品测试上线而放我鸽子时，我觉得我的忍耐已经冲破了极限。其实在开始创建这个表格的时候，我就知道以当时我俩的状态，最后的结果肯定不尽如人意，但最起码我想知道细碎的生活究竟可不可以量化，或者说数据对爱情是否真的具有指导意义。

此刻，亚君显得极为局促，他先是难以置信，后来就默不作声。等了很久，他才鼓起勇气拉着我说："米粒，我知道，你为了我，受了不少委屈。可我真的很爱你，越是爱，越想给你最好的未来。谢谢你的大数据，虽然简单，但它一目了然，让我明白了爱情不是虚无缥缈的，它就栖身在一茶一饭中。没有了那些点滴付出、朝夕相伴，爱就只是一句空话。请你再给我一次机会，我想我终于明白了应该如何去爱你。"

腼腆木讷的亚君从没有说过这么走心的话，我鼻头一酸，一大滴泪涌了出来："你说话算话吗？"

"算，绝对算。不然这样，这个月，我来统计咱俩的恋爱大数据。"亚君捧起我的脸，信心满满地说。

/02/

在接下来的日子里，亚君依旧很忙，可我还是看到了他的改变。

再忙，中午的时候，也会温柔地提醒我记得好好吃饭。

无论加班多晚，回到宿舍，都会陪我聊一会儿视频，说些甜蜜的家长里短。

睡觉前，一定叮嘱我关好门窗，祝我晚安好梦。

上周末，我们约好了看八点的电影，但部门临时有事，亚君没能按时下班，他急得打来电话连连道歉。我不知道是生气还是心疼，没说几句就挂断了。快到十一点的时候，他发来短信问我睡了吗，如果没睡，就到阳台上来一下。我一头雾水地从被窝里爬了出来，披上衣服推开阳台的门。此刻，一弯新月，几点疏星，亚君正开着手机，在树下冲我使劲地挥舞，微弱的亮光在空中划出几条光圈。

我不敢相信自己的眼睛，激动地说："你等我，我这就下去。"

亚君说："不用了，天凉了，别感冒了。我这就坐末班车回宿舍休息了。只想赶过来看你一眼，来，你把手机调亮一点，让我看看你。"

03

深秋的午夜，凉气透骨。两撮小小的亮光在黑暗里遥相呼应。风再大，心也是暖的。亚君依旧很忙，但忙，并没有让他减少对我的牵挂，省略那些温暖的爱的表达。因为我相信，这些恋爱里的"小确幸"（微小而确实的幸福）只是想提醒我们，在努力奔跑的日子里，再忙再累，相爱的人也不要松开彼此的手。

这月的恋爱大数据终于在月底新鲜出炉了，是亚君的杰作。

见面：9次

拥抱：21次

亲吻：15次

通话：23次

共计：1016分钟

微信：158条

视频：30次

求婚：1次

预计相爱：一生一世

每一场阴错阳差都是命中注定

我们是追梦的同路人，曾结伴走过青春的彷徨和迷茫，我们相信温暖，相信梦想，相信奋斗的力量，相信终有一天我们会为了彼此成为最好的自己。

/01/

在曙光路上班前，我就知道这里有一家超好吃的紫菜包饭。入职后，打扫完卫生，我连忙从新电脑上查到了订餐电话，口水哈拉地打了过去。

我眉飞色舞地说："喂，你好，紫菜包饭。我要订一盒鳗鱼的。送到对面的宇飞大厦三层。"

对方"呃"了一声，有几分迟疑。

我想一定是太忙，人手不够，懒得送上楼。作为一名吃货，唯有美食能让我卑躬屈膝，尽折腰，于是我连忙赔着笑脸说："您要是忙，就送到楼下大厅，我下楼取，行吗？就在对面。谢谢您了，谢谢您了。"

他顿了两秒，说："好吧。"

结果，我在楼下晃悠了二十分钟，他才拎着塑料袋，慌慌张张地跑过来。

"你们送餐这么慢哪？"我一边掏钱，一边生气地埋怨道。

他局促地低下了头，红着脸嗫嚅着："对不起，对不起，店里的客人太多。"我注意到他还穿着拖鞋，怯生生的一副高中生的模样，心想又粗鲁了，怪阿姨吓到了小盆友（小朋友，网络热词），连忙咧开嘴给了一个大大的微笑："没事儿，没事儿，我就是等得有点着急。你别见怪呀，快回店里帮忙吧。"

他恍然大悟地点着头，临走时回过头来问我："您是在这里上班吗？"

"对的，我特爱吃你家的紫菜包饭，鳗鱼、金枪鱼、沙拉的我都爱吃，原味的也不错。对了，下次一定让老板给我打折呀！"我挥着手，一头扎进了电梯。

/02/

入职后，工作并不算顺利，常常加班，常常挨骂，也常常迷茫。我不知道自己为什么放弃温暖舒适的故乡，北京的冬天冷到入骨，风可以从四面八方吹进你的五脏六腑。回到半地下的出租房，我连羽绒服都不敢脱。每一次妈妈打来电话，我都得裹着被子、抱着暖宝，站在桌子上，努力靠近那半格露出地面的窗户。屋里的一切都是僵的，有时连笑一下都需要费些力气。妈妈问："北京好吗？是你喜欢的那个样子吗？"我一边流着眼泪，一边点头，好像她能看见一样。

其实我并不确定我喜不喜欢北京，但我知道我喜欢和一大群人一起奔跑，我爱这种你争我夺的氛围，我不想回到老家找个信用社终日盖戳，从第一天上班就能预知最后一天的工作。我喜欢正面迎击一切挑战，不怕哪一拳会将我击倒，在我的世界，有勇气出场比赢得比赛更重要。

年轻不就应该在不断地打怪升级中磨练自我吗？没有丰盈多彩的二十几岁，我怎么坐在摇椅上向我的孙子孙女炫耀，怎么度过人生那越来越灰暗落寞的黄昏，怎么欣慰地对自己说：这世界我来过。

写到这里，你一定能感觉到我是一枚有深度、有思想的吃货，是的，鸡汤和紫菜包饭是我的最爱。心累的时候随便打开一个公众号，里面都是元气十足的心灵鸡汤，嘴馋的时候，打开手机翻出常用电话里预存的"紫菜包饭"打去，就能美美地饱餐一顿。这就是美妙的人生啊。而且这家店的售后服务超好。总发短信调查客户体验，今天的紫菜包饭好不好吃，明天还要不要，晚上还加不加班。

有一天下午，我感冒了，提前回家休息，正瑟缩在被窝里捧着面巾纸左右开弓，"紫菜包饭"忽然发来短信，问我今天需不需要送餐。

我马上打了回去，用我那浑厚的中低音表达了我恍然大悟的赞叹。

"太神了，这是不是就是传说中的互联网大数据？你看现在某东某宝推荐的都是你近期会买的东西，他们通过你以往的资料可以预判出你购买的物品及周期，你们的店这么小，怎么也能这么先进哪？"

对方显然被我喷晕，愣在那边好几秒没有声音，然后缓缓地问："这么说，你需要？"

"当然了，不过我病了，吃了药不能吃海鲜的。"我叹了一口气。

"你病了？"传来的声音突然有点急促，我心里一紧，真好。在这座陌生的城市，在我最狼狈脆弱的时候，居然有餐厅主动送餐，还收到了对方真挚的关心和惦念。

"谢谢你，我只是感冒，就要最普通的紫菜包饭吧，不

过送餐的地址变了。您送到宇飞大厦后面的沁水园小区8号楼
2单元门口吧，我去取。"

"好的。马上到。"

不到十五分钟，他就来了。我裹得像熊一样，却像兔子
一样冲进了大风里。

"这次好快。"我边数钱边接过饭盒，"哇，你们有热
力包了？"我发现他这次是骑车来的，车把上挂着一个崭新
的热力包。多亏了有它，我的紫菜包饭还是暖的。

"谢谢你，我一定告诉你们老板，你服务周到，让他给
你升职加薪。"我揣着饭盒往楼里跑，突然停下来回头问：
"对了，你叫什么名字？"

他跨上车，一只脚踏上脚板，俯下身子刚要发力，听见
我的问题，忙直起身，红着脸愣愣地看着我。

"害羞哇？那，告诉我工号也行啊，不然我怎么去老板
那儿表扬你？"

"噢，那，我叫大林。"

"大林？你也就十八岁吧，姐姐我以后叫你小林，
拜拜。"

风卷着沙子啪啪地打在身上，可怀里的这盒紫菜包饭
超暖。

后来，没事儿的时候，我常和小林聊天。原来他今年高
中毕业，考的大学不太理想，家人希望他先学英语，然后出

国留学。我问他怎么跑去餐厅当外卖员，他笑了一下，说就当是先体验一下国外打工的感觉吧。

慢慢地，我发现，我对小林有一种与生俱来的亲切感。年龄并没有给我们带来太多的代沟。对未来我们都有一种迷茫，努力奔跑又不知路在何方。小林说他其实不想出国，不想离开舒适温暖的故乡。我大笑，我说你看我，我不就是这样，孤身一人在北京漂泊，住最便宜的房子，吃最简便的食物。也苦也累，但这就是我们本来该有的热血青春。

暮色四合，我们坐在天桥上，对着璀如繁星的车流大喊："我要成为更好的自己！"小林的眼里闪着泪光，他说："家里人都逼我，可是我听不进去，但你说的话我记在心里了。"

/03/

就这样，小林的紫菜包饭陪我度过了那年最冷的时光。春暖花开的时候，一个陌生女人敲开了我的房门。

那是一个眼里透着清冷的中年妇女，很高很瘦，礼貌地叫出了我的名字。

我问："您是谁？"

她环视了我的房间，又打量了一下我，慢慢地开了口："我是肖磊的妈妈。"

"肖磊是谁？我不认识。"我看到她眼里的不友善，本能地要关门谢客。她一把拦住我的手，直愣愣地盯着我的眼睛，大声说："你不认识，他给你送了一冬天的饭，你说你不认识？"

我当时就蒙了："你说的是小林？"

"小林？他告诉你他叫小林？真可笑。他是我儿子，他叫肖磊。他马上要出国了，请你以后别再给他打电话让他给你送饭。"

我听了，更气愤了："我没让他给我送饭，我打的是订餐电话，您不愿意可以让他别去打工？"

她听完，也生气了："谁告诉你肖磊在餐厅打工？他根本就没干过什么外卖！一开始我就觉得他奇怪，老是一到饭点儿就盯着手机，一接电话就跑出去，还偷偷去买了一个热力包。但我工作太忙，没放在心上，就觉得他是贪玩，要不就是找同学去了。可最近，我发现他居然一接电话就去路口那家紫菜包饭排队买饭，买完了就匆匆忙忙地放到热力包里给你送去。你有手有脚，不会自己订餐吗？你累傻小子呢？"

我当时大脑一片空白，往日里一幕一幕像潮水般袭来。原来，他不是外卖员，原来他不叫大林，原来这一切都是个谎言。

等我清醒过来，肖磊的妈妈已经不在。华灯初上，我一个人默默地向餐厅走去。春寒料峭，几棵干枯的迎春花在风里萎靡不振，瑟瑟发抖。

紫菜包饭的招牌在街口特别显眼，一亮一暗地眨着眼。我翻出了手机，打开目录，我终于看清了，紫菜包饭的送餐电话尾号是6，而我一直打的肖磊的电话尾号是9。原来，他妈妈说得对，我一直打的紫菜包饭订餐电话居然是肖磊的手机。

在店里，我见到了真的大林，是这里的老板，四十多岁，虎背熊腰，满脸络腮，但笑起来很有暖意。原来，他真的不叫大林，他也根本不是什么外卖员。

我一个人站在风里，脑海里一片空白，不知该往哪边走。身旁的车一辆接一辆地呼啸而过，我想和小林说句话，我想问问他，这一切都是为什么。

忽然，我的手机响了，号码还是显示紫菜包饭，里面传来肖磊欢快的声音："怎么样，今天想吃点儿什么？"

我把喉咙哽得生疼，一大滴泪啪的一声落在了地上，吸着鼻子说："鳗鱼的吧。"

"好嘞，一会儿你家见哪。"肖磊欢天喜地地挂了电话。

没过多久，我就看见小区里蹿出一个人，骑着车，风风火火地向这边赶来。

我和肖磊终于以真实的身份见了面。黄昏的路灯下，他像被人一脚踩中尾巴，满脸尴尬。

我看着他清澈的眼眸，努力平复着情绪："原来，我第一次打的号码和后来存的号码都是错的。原来你并不是这里的送餐员。原来你的名字不是小林。原来这一切，都是阴错阳差。可是我不明白，这是为什么，你为什么要一直骗我，为什么这么辛苦地跑来跑去？你其实只用说一句你打错了，这里不是紫菜包饭，那后面所有的一切就不会发生。"

"可是我想让它发生！"肖磊停好车，激动地冲过来说，"对不起，对不起，我不是有意骗你。因为那天中午，我心情特别不好，我不知道高考为什么会失利，我不知道出国是不是一定就好，我对未来充满了怀疑和迷茫。可是就在那个中午，我听到了这世界上最阳光最爽朗的声音，'喂，你好，紫菜包饭。'我觉得说这话的人一定是这个世界上最快乐、最幸福的人。我只是好奇，我就是想出来见一见这样的你。"

"那后来呢，后来你也可以告诉我真相啊。"

"后来，我见到了你的坚强、你的勇敢、你的热血，我觉得我特别惭愧。你一个女孩儿都能披荆斩棘地勇闯北京，我身为男子汉，还有什么可怕的？我会出国，会好好学习，会像你一样为梦想而拼，会永远相信奋斗的意义。"肖磊说着，一把握住了我的肩膀。

还有什么误会比这个更美好的吗？有一个知我、懂我的人同行。我对自己说，一切都是最好的安排，如果上天一定要在我的生活里加进一段奇幻的插曲，那我为什么不欣然接受呢？我说："恭喜你，做姐姐的没什么可送你的，但这一腔孤勇也算是让你受了些启发。今日一别，山高水长，愿你终将成为最想成为的自己。"

肖磊伸出手拦住了我，他说："其实我一直想给你唱一首歌。你能听我为你唱一首歌吗？"

我点了点头。风把一切都吹得凌乱不堪，但肖磊唱的每一个字都径直抵达我心底。

沮丧时总会明显感到孤独的重量。

多渴望懂得的人给些温暖，借个肩膀。

很高兴一路上我们的默契那么长，

穿过风又绕个弯，心还连着，

像往常一样。

最初的梦想紧握在手上，

最想要去的地方，

怎么能在半路就返航。

/04/

转眼，肖磊走了大半年。

经常在朋友圈里看到他的消息，语言预科通过了，换房东了，考试全A了。每一个下面，我都认真地评论、点赞。

我升职加薪，学拉丁舞了，报第二外语了，他也随时关注，还给我不远万里地寄来厚厚的原版法语书。

无论多忙，我们隔三岔五就会抽时间视频联系，看看彼此的模样，闲聊几句家常。我知道此刻，我和肖磊的距离是无穷大。我们的年龄间隔四岁，身高相差三十厘米，位置相距四千公里，时差高达十五个小时。但我们的相同点更多。我们是追梦的同路人，曾结伴走过青春的彷徨和迷茫，我们相信温暖，相信梦想，相信奋斗的力量，相信终有一天我们会为了彼此成为最好的自己。

那天清晨，手机吵个不停，我迷迷糊糊地接通，从里面传来了这世上最阳光、最爽朗的声音："喂，快开门，你的紫菜包饭回来了。"

热闹喧嚣的城市，川流不息的人群，莫名其妙的电话，纷繁多样的美食……若是无缘，我们会走失在任何一个不经意的环节，成为擦肩而过的陌路人，一辈子不可能相识。难怪有人写道，所有的相逢都是蓄谋已久，其实我更想说，每一场阴错阳差都是命中注定！

请赔给我一个女朋友

　　我没有勇气算命，这个时候我知道我的心理极度脆弱。如果算出来他对我无意，那就是斩立决，我可能会黯然神伤很久。但如果算出来他对我有意，我可能会神伤更久，因为这个时候给我任何不切实际的鼓励，都如同打着蝴蝶结的砒霜，再好看它也是毒药。

/01/

　　"我要去上海出差两周。小花就拜托你了。"肖男一本正经地端着他的鱼缸，静静地站在我面前。

是肖男吗？我努力睁大了双眼。公司里最优质的潜力股，眉眼清秀，高瘦冷峻。入行不久，已经备受瞩目。

"你不愿意？"肖男见我迟迟不回答，塌下眉毛，有些尴尬。

"不，不，没有。"我吐了一下舌头，才缓过神来，"怎么会，我就是，就是没养过，不知道怎么照顾小乌龟。"

肖男一下子轻松了下来："没事。你就三天给它喂一次食，换水的时候就换三分之二就行。很好养的，下月三号我就回来了。"

就这样，我像托塔天王一样郑重其事地把小花搬回了家。同住的萱萱吓了一跳，大叫："你这个花见花败、车见爆胎的宇宙超级大衰神这次要挑战养乌龟了？我告诉你，印度大师说了，这半年你的气场颜色是深紫，就是个千年王八你也能把它整断气了。"

我累得半死，喘着粗气喝住她："别瞎说，这不是我买的，是肖男的。"

满脸黄瓜片的萱萱顿时从沙发上蹦了下来，噼噼啪啪地滚了一地小黄瓜："你说什么？就是你梦里磨牙时喊了两百七十八次名字的肖男？肖男送你定情信物了？是一只乌龟。这是什么寓意？乌龟？归心似箭、归去来兮、视死如归？"

我气得哭笑不得，一边扫地，一边说："我什么时候磨牙了？我什么时候喊了他两百七十八次？再说了，这也不是什么定情信物，就是他出差让我帮他养几天。"

/02/

萱萱是我的大学同学，人称"恋爱小马达"，指谁追谁，从没失过手。光初恋就有八次，每一次都惊天动地、荡气回肠。工作后收敛了不少，如今专职是某日报的记者，兼职看相算命批八字掐桃花，线下全款，线上八折。

萱萱说："你那个肖男肯定对你有意思。就你们那一层，少说也得有二十几个姑娘，算上结婚十年以内的，能突破三十五个。他为什么专门找你呀？你个白痴。"

我听得立马就心旌荡漾了："真的吗？肖男真的是这样想的吗？会不会是因为我们俩坐得最近、我俩的工位挨着呀？"

萱萱沉思了半刻，抿着嘴说："这样啊，那也有可能。如果他是个简单的射手或白羊，那很有可能就是就近凑合了。"

"肖男的生日是1月19日。"我记得很清楚。去年的那一天，销售部的Jesi和公关部的小咪都在中午的时候偷偷送来包装精美的小礼物。因为我离肖男近，我看见了那些扎眼的粉红色小盒，被肖男迅速地装进了抽屉里，然后不久，又拿了出去。

越到这种时候，我越不知道怎么表达我的心意。每日看着肖男忙进忙出，也知道他时间紧，压力大。有时会情不自禁地帮他接一杯热腾腾的咖啡，或者帮他收拾一下凌乱的快递包装。可是肖男好像从来都没发现过我的存在，也许发现了，但从来不表现出在意。

"1月19日，摩羯座呀。"萱萱又支起了塔罗牌的阵仗，"来来来，洗三遍，心里默念着'肖男爱不爱我，爱不爱我，爱不爱我'。"

我没有勇气算命，这个时候我知道我的心理极度脆弱。如果算出来他对我无意，那就是斩立决，我可能会黯然神伤很久。但如果算出来他对我有意，我可能会神伤更久，因为这个时候给我任何不切实际的鼓励，都如同打着蝴蝶结的砒霜，再好看它也是毒药。

我不想继续纠结肖男的真实意图，只想好好完成他托付给我的重任。我看着鱼缸里啪嗒啪嗒不停向上爬动的小花，仰起脸，笑着说："小花，初次见面，请多多关照。希望能在这两个星期里和你相处得愉快。"

于是，我白天看着身边空荡荡的工位发呆，晚上看着手脚并用的小花发呆。萱萱说我就是太腼腆了，不知道怎么表达自己的感情，可是我又能对谁说呢？萱萱又出去约会去了，这次是个小她三岁的摇滚新秀，长着一头长发，有两条花臂，说是在后海那边一个酒吧里长期驻唱。这家伙一谈上恋爱就不着家。我只好和小花说话。

我说："小花，你知不知道，我有点儿喜欢你的主人。"

她还是啪嗒啪嗒地往缸壁上爬，爬上去又摔下，摔下来又再爬。

我看它没什么反对意见，就接着说："好吧，我说实话，不是有点儿喜欢，是很喜欢，非常喜欢。"

小花还是啪嗒啪嗒地爬，丝毫不理会我的聒噪。

那我再告诉你三个秘密：

"上个月的那场大雨，肖男座位底下的黑伞是我偷偷塞的。

"他问了好久的那个新N次贴也是我帮他领的。

"生日的时候，虽然我没有勇气当面送他礼物，但是我用萱萱的手机悄悄给他发了一个零点祝福。"

小花还是啪嗒啪嗒地爬着。我只能说："傻瓜，你永远也爬不出的，还是快点睡觉吧。"

/03/

三天后，我第一次给小花喂食，又换了三分之二的水，还抱着它在萱萱的大飘窗前晒了晒太阳。

再后来公司的事情多了起来，有几日连着加班，每天回到家里都已经筋疲力尽。等我意识到好像有几天没听到啪嗒啪嗒的声音时，小花已经静静地趴在水里一动不动了，头只露出了一小部分，根本看不到眼睛，四肢也都缩在龟壳里，没有半点儿移动。

我有些担心，连忙拉起熟睡的萱萱，生拉硬拽地把她拖到了水缸前。萱萱睡眼惺忪地瞥了一下小花，然后打着哈欠说："挂了。"

我吓得魂飞魄散，眼见肖男就要回来了，小花怎么会死了呢？我轻微地晃动了一下鱼缸，小花无力地水里滑行了一段，然后啪地磕在了缸壁上。天哪，它真的死了！

萱萱嘟囔着："就说让你别弄吧，连仙人掌都能养死的人。这下好了，小乌龟驾鹤西去，还带着你的爱情陪葬。哎，可怜哪！怕是一辈子都没希望了。"

我想起肖男把小花交给我时的郑重其事，心里别提多难受了："这下完了，我是害死他宠物的罪魁祸首，今后别说是恋爱了，连朋友也难做了。要不我先投案自首，争取坦白从宽吧。"

萱萱说："算了吧，这也没几天了，你就让他踏踏实实地出完差吧。"

3日一大早，我低着头，悄悄捧着空荡荡的鱼缸来到了公司。我把鱼缸端端正正地放在了肖男的桌子上，然后在N

次贴上留言：对不起，肖男。我没有照顾好小花，它已经走了。我心里特别难受。我实在没法面对你，请告诉我怎么做才能弥补我的过失。

然后我一上午都不敢露面，躲在楼顶上给萱萱打电话聊天。我说："怎么办，我这次肯定没戏了，还以为是个走近男神的绝佳机会，没想到出师未捷身先死了。"

突然，前台小蕊发来微信通风报信："老大来了，速回。"

我硬着头皮急匆匆地往办公室跑，进门时还特意踮起脚看了一眼肖男的工位，他不在。

我如释重负，悄悄地坐回座位。发现杯子里倒上了浓浓的卡布奇诺，桌子好像已被人打扫，总觉得哪里不对劲，可又说不出哪里不对劲儿。我深吸了一口气，平复了心情，然后拉开抽屉准备干活。忽然看到记事本上压着那把黑伞，上面贴着一张字条，写着：请赔给我一个女朋友。

对不起，我不能只谈恋爱

我们都曾因怕受伤害而怀疑过爱情，认为它不堪一击，脆弱无比。于是拼命给它附加上各种诱人的条件：匹配的家世，殷实的财力，适合的年龄……仿佛凑足了门当户对，才敢琴瑟和鸣，比翼双飞。我们用尽一切办法帮爱情保驾护航，生怕它夭折在某个未曾预设的环节。可是我们忘了，笃定的爱情能够不屈不挠地生长，它存在的本身就足以抗击一切力量。

二十八岁那年，我爷爷、爸妈，还有我那抱着三岁儿子的表侄女伙同全家开始月月搞三堂会审，敦促我赶紧交个男朋友。

老妈说："你都要三十岁了，工作六年了，还算马马虎虎，但使的也是蛮力。你看隔壁家小美，刚上班几个月都升职做财务经理了。你就是缺点心眼儿，谈个恋爱不是吊儿郎当，就是山崩地裂，上次分手还是高二会考前吧？这么多年颗粒无收，你不得反省一下你自己呀。"

"你们怎么不说他呀。"我立马把脸扭向弟弟于大力。

"你别转移话题。这说你呢，你弟弟还小。再说了，现在男的都好找。他才大三，女朋友漂亮着呢。这不，昨天还有学妹给他写情书呢。"爷爷慢条斯理地说。

"这你也汇报？有意思吗，显摆给谁看呢？"我像小时候一样，一脚飞踹，把大力结结实实地贴门框上了，"少给我背后插刀，小心我告诉你们家爱吃醋的小卷心菜。"

这就是那年我家的日常生活——无休止的庭审，没完没了的抬杠，鸡飞狗跳的逼婚前兆。

/01/

我叫于小珊，二十八岁的财务会计，每天除了报销对账，就是背书考证，日子过得单调乏味。我官方身高一米六二，实际数字一米五九。长得挺好看的，嗯，长得还不错。好吧，其实是很一般。

可是我翻遍了基因学里的任何一条铁律也无法解释为什

么于大力长得浓眉大眼、气宇轩昂。他继承了妈妈的大眼睛
和爸爸的高鼻梁，还有奶奶的肤白似雪。一个大男人，居然
怎么晒也晒不黑。

　　每年全家海岛旅行的时候，他就像一只骄傲的非洲小水
牛，从日出泡到日落，把背脊和鼻尖的皮肤晒得通红，然后
喝着啤酒，让清凉的晚风轻拂一阵儿，再扎在房间里睡上几
个小时。第二天，居然又是一身元气满满的白亮皮肤。

　　我为此和爸妈抗议了很久，甚至怀疑自己曾躺在某个顺
河而下的竹篮中，于襁褓里苦苦哀号，终于被一对善良的夫
妻捞上来抚养，后来他们也有了自己的孩子，却仍旧牢牢守
着这个秘密。

　　老妈听完大笑，说我不去拍电影真是暴殄天物，然后撩
起我的睡衣，指着后腰一个硕大的痦子偷笑说，你看这是咱
家的独门印记，你弟就没有。开心点了没？

　　真的没有，好吗？

　　但我知道，我的善良可爱像妈妈。她总说我就是一个小
小的温暖的太阳，总有一天，会有一个人来到我的身边，发
现我的美好，心甘情愿地成为我的白马王子。

/02/

　　学妹给于大力写信的事终于还是穿帮了。大力的小卷心

菜大动肝火，他夺命连环call把我叫过去一起解决问题。

因为他女朋友心怡很喜欢我，平日里我俩就姐妹相处，我叫她卷心菜。这次看来情况非常不妙，大力用一盒某谜五十年限量款面霜把我从健身房十万火急地叫到了他们大学里的学五食堂。

等我扎着马尾，背着瑜伽包，一脸横肉地杀过去，才发现会谈已接近尾声。心怡见了我，哽咽地叫了一声姐，然后就扑在我肩头嘤嘤地哭起来。

心怡身后还跟着她的发小——志南。那是个清秀的大男孩，个子不算太高，但眉眼非常好看，还带着点儿文艺青年的忧郁气质。会不会是心怡的备胎呀？我顿时替弟弟捏了一把汗，开始不自觉地针对起这个外人来。

我拿眼神扫着志南，嘴里开始放箭："什么时候流行闹个别扭都得带上保镖了？不至于吧？"

心怡突然就痛哭起来："姐，有个学妹给他写了好久的情书，他为什么不告诉我，为什么不删她号码，为什么我俩去上自习，结果那女孩也在同一个教室？"

大力有些无奈地说："我解释了七百五十八遍了，我不告诉你是怕你多心，我没删她短信是我从不删人家短信，我觉得这么做有点儿没礼貌。至于上自习一个教室，这事我事先真的不知道，再说了，那自习室也是你先进去的呀。"

"噢，对，是我先进去的，但我哪知道她在呀。"心怡停止了抽噎，但马上又陷入了爱的潮水，"那你也不应该瞒着我呀。你就是心里有鬼。"

我偷偷瞄了一眼志南，想观察一下他究竟是不是大力的隐形情敌，却发现他丝毫不在意两人的唇枪舌剑，不是低头看表，就是目光空洞，眼神里带着一丝无奈和焦虑。不是备胎就好，省得居心叵测地瞎搅和。

我暗暗松了一口气。然后我问大力："你想和心怡分手吗？是那种无论她如何哀求下跪，寻死觅活都绝不反悔的分手吗？"

在座的人都惊了。大力的眼睛瞪得像个铜铃，他怒吼道："于小珊，我是让你来解决问题的，你少给我挑拨离间。"

我瞪着眼睛大声说："你就回答是，还是不是。"

于大力也急了，跳着脚地诅咒发誓，居然都没结巴："绝对没有。我是真心喜欢心怡，和她在一起我觉得特别舒服和踏实。我如果朝三暮四，完全可以私下联系那女孩，然后把短信都删了呀。可我就是真的不在意才没销毁那些信息。心怡，我不说是因为我没觉得这件事有多特别。那天爷爷也是翻我手机查机顶盒维修电话才看见的，我真的谁都没说。"

心怡听了这一长串的深情表白，早就化成一池春水了，立马和大力浓情蜜意地拉上了小手。我和志南尴尬得起身告辞，留下两个劫后余生的人互诉衷肠。

食堂距离车站有好长一段距离。我们俩并排穿行在校园斑驳的树影里，志南小声说："珊姐真厉害呀，解决问题剑走偏锋，绝不拖泥带水，像个女侠。"

"那是，小时候我弟弟被人欺负，都是我拖着木棍子去帮他打架。"我立马就王婆卖瓜起来，"对了，你是心怡的发小？"

"就算是吧，其实就是邻居。今天心怡哭着敲我们家门，让我帮她来谈判。我对这事一窍不通啊，帮不上什么。不过也不忍心拒绝她。"微风吹过他的发梢，阳光照进他的眼眸，身边是骑着车带着女朋友穿梭在人群里的花样少年。我仿佛又回到了自己一手饭盒一手暖壶的学生时代。

聊着聊着，我们到了车站。他拘谨地立身站直，和我告别。我也点头挥手，示意再见。看着他远去的背影，总觉得有种说不出来的熟悉和温暖，可是每当迎上他的目光，又是灼人的尴尬和紧张。

晚上，我洗完澡，刚躺到床上，手机就嘟嘟响了。原来是心怡的电话，她一则感谢我帮她规劝了于大力，二则说志南哼哼唧唧地向她要了我的手机和微信，问我同不同意。

我问志南多大了，看起来很小的样子。心怡说今年刚上的研究生，是医大的高材生。

二十二岁？还是算了吧。我可没有时间陪小娃娃。

/03/

　　寒假的时候，于大力提议要去曼谷和普吉岛玩。心怡拉着我哀求了好几天，宣称不仅食宿全包，还报销往返飞机票。我作为有产阶级当然不能占学生党的便宜，本来想找个闺密同行，不料心怡说志南也去，心怡说，我和姐一间，志南和大力一间，正好。

　　我心里一惊："志南没女朋友吗？干吗总缠着你。"

　　心怡满不在乎地说："都是朋友，出去玩玩怎么啦。志南很可爱的。"

　　我们就这样稀里糊涂地组队出发了。一路上，于大力和心怡花式"虐狗"（指单身的人），看得我和志南是恶心倒胃，外加一万点伤害。不过这也拉近了两只单身"汪"的心理距离，同是天涯沦落人，说起酸话来都默契得不得了。

　　在普吉岛，我们住的酒店临街，晚上吵得不行，那三个人都是怂包，只有我义愤填膺地和前台交涉了许久，终于免费给我升到了游泳池边的独栋Villa（别墅）里。当大家拖着行李推开别墅的门时，下沉的庭院，开放式的小花园，还有顶层的烧烤专区，所有的一切都让人惊呼赞叹。大力扑过来抱着我说："老姐，还是你牛掰呀。"

　　心怡和志南也蹦蹦跳跳地跑过来，嚷嚷着晚上要秉烛夜谈，不醉不归。志南拍着我的肩膀，眼睛里闪着亮光，开心地说："珊姐，你太牛了，这会不会就是咱们的人生巅峰啊？"

我们在湖边的小院里看星星，看月亮，从诗词歌赋谈到人生理想。心怡和大力规划着未来的小日子，生两个孩子，养一条大狗，最好还能再买一套大房子。

酒过三巡，大家喝得志得意满。志南突然挪到我的身边问我："珊姐，给你做个心理测验。在你心里，我比较像什么动物啊？青蛙、海豚还是猎豹？"

"嗯，海豚。"我想了一秒，便急着问，"海豚代表什么意思呀？"

志南仿佛没听见，接着问我："你这么好，为什么还没有男朋友？"

我一口干了手里的啤酒，抹着下巴说："因为我在爱情的盲区里哇，月老爷爷没看见我，不过我有感觉，应该快了，哈哈哈。"

"可要是现在他看见了，给你安排了合适的人选，你会同意吗？"志南一脸红光，转过头来冲着我，眨巴着他那双深邃的大眼睛。

我的笑容一下子就僵住了。按照常理，这往后就是要表白的节奏了吧。我眼珠一转，立马闭上眼睛，把手臂无力地耷拉在凳子两旁，摊在原地装醉。志南凑到我耳边，在大力和心怡撩人的合唱里轻轻地说了一句："珊姐，我扶你回屋吧。"

　　漫天繁星中，他离我这么近，又那么远。

/04/

　　回到北京，我们的普吉微信群里总是热热闹闹的。大家时不时就搓个饭，聚个餐，看个电影。我也终于加了志南，但他从没有给我发什么言语暧昧的消息。倒是心怡，总是有意无意地和我聊起他。

　　说志南从小就听话，善良懂事，远近闻名。

　　说他成绩优异，无不良嗜好，到现在都不会打麻将。

　　有一个周末，心怡特意打来电话，说明天是志南的生日，让我中午赶去参加他的生日聚会。我一直以为就是我们四个人，可到了KTV才发现满满一屋子陌生面孔。我坐在台下，看着他的高中同学、大学同学、研究生同学，还有邻居兄弟，一个接着一个地上台献歌，他们对着眼神调侃着彼此，说着我根本听不懂的笑话，讲着有关志南的一切槽点，什么不解风情地拒绝了校花，什么大学解剖课只有他不害怕，还讲到了系学生会选举，有个胖胖的学姐想"潜规则"他。

　　大家都笑作一团，夸张地用手掌拍着大腿，每个人都笑得前仰后合，说不出话来。我忽然发现这个人我好陌生啊。

我比他大了整整六岁，错过了他所有青涩稚嫩的学生时代，除了心怡和大力，我和他没有任何共同的焦点。而我居然还傻呵呵地跑来参加他的生日聚会。

"让我们有请珊姐登台！"突然，志南对着拿麦克风的朋友耳语了几句，然后全场人都在找珊姐。

"我不会唱歌。"我顿时红着脸，不住地摆手退缩。

志南几步就跨到了我的身边，他轻轻地拉着我的手，把一脸娇羞的我领上了台。五彩缤纷的霓虹灯下，他的脸格外清俊柔情。他喝了点儿酒，显得特别兴奋，突然把我拢在身前，握着我的肩膀说："珊姐，我特别感谢心怡，因为她我才能认识你。"

大力和心怡在台下起着哄。众人扬起手，在空中和我们打着招呼。

然后志南说："今天我生日，你可不可以陪我唱首歌？"

我忙不迭地摇头，解释："我唱歌特别难听，怕搞砸了你的生日聚会。"大家都在吼："来一个！来一个！"

志南忽地抬手示意大家安静，他转过身来，一字一顿地对我说："珊姐，还记得那次我问你的那道心理测试吗？你说我在你心里像海豚，那表示你喜欢我。"之后，整个会场沸腾了。

我惊得目瞪口呆，慌乱地说："不是，我瞎说的。海豚代表我喜欢你？那青蛙呢？我觉得你也挺像青蛙的。"

"青蛙代表我爱你。"志南一脸狡黠地笑了。

心怡大吼着："你小子终于表白了，都急死我们了！"大力也说："于小珊，你撞大运了，快收了这枚小鲜肉！"

余光中我看到一个姑娘局促地低下了头，满脸失落。她默默地闭上眼睛从人群中退去，那背影凄凉极了。

我也听到身旁有人小声说了句"六岁耶"，我知道大家都在想为什么优秀帅气的志南千挑万选，抱回了一个又老又不起眼的大姐姐。我不希望我的余生都在跟别人解释自己是多么幸运，然后在别人复杂又疑惑的回味中渐渐黯淡了目光。

可是我心里是喜欢他的，我喜欢他清澈又略显稚嫩的面庞，喜欢听他带着宠溺的呼唤，他虽然嘴上叫着珊姐，可他满眼都是疼爱。可是我不知道自己用什么能匹配上他的年轻和俊朗，这种疼爱能维持多久呢？等到我的鱼尾纹都爬了上来，等到他成熟后暗自懊恼原来年轻的容貌才更可爱？

对不起，我不能只谈恋爱。《剩者为王》里，舒淇曾说过："如果我还年轻，我一定会好好和你谈一场恋爱，哪怕最后没有成功，但至少我还有时间从头再来。"

可是明年我就三十岁了，他的研究生还要读一年半，之后又想要出国念博士，甚至有可能旅居海外。他的三十岁应该是百舸争流，欲穷千里。而那时的我，已经过了能承担颠沛流离的年纪，最希望的该是和平凡的爱人厮守，相夫教子，缝缝补补。

我接过话筒，认真地说："我喜欢你，志南，我真的很喜欢你。但是，对不起，我不能答应你。这个聚会让我更清楚地知道自己缺席了你最重要的各个阶段，也让我看到了未来，你注定精彩纷呈，风光无限。我不想成为你人生的未知数，不想你拖着一个年龄不符、模样马虎的大姐姐上路。因为我没时间什么也不顾地一头撞进来，磨合个三五年，然后听天由命。志南，你是什么呀，你不是青蛙，也不是海豚，你是只怀抱梦想，自由奔跑的猎豹哇，你是那些肤白貌美的小姑娘口中的小鲜肉和制服诱惑，而我没有时间，也没有实力和一切诱惑拼个你死我活了。对不起，我不能只谈恋爱。"

我早就泪流满面了。于大力在人堆里大喊："于小珊，你真没种！"

是呀，所有人都觉得是我的自卑和懦弱葬送了这场恋情。可是不到逼仄的三十岁，不到颈纹越来越深，不到步伐越来越沉，不到生活日日折磨着你的不甘，直到打得它抱头鼠窜，你真的不能体会。

/05/

我和志南再也没有联系。

　　从三十一岁开始，我爸妈，还有我那抱着六岁儿子的表侄女和怀着孕的心怡就伙同全家开始月月搞三堂会审，敦促我赶紧交个男朋友。

　　老妈说："你这都'30+'了，工作上总算熬到财务经理，年薪制了，以后每月多交两千元家用啊。你看隔壁家小美，儿子都周岁了。你就是缺点心眼儿，谈个恋爱不是吊儿郎当，就是山崩地裂，上次分手还是志南的生日会吧？这么多年颗粒无收，你不得反省一下你自己呀。明下午6点小区门口那家香合园，你张阿姨给你介绍了个工程师，必须去哇。"

　　"我这个月已经完成指标了。"我把嘴噘得老高。

　　"不行，这次不去就别回来了。"老妈黑着脸，眼睛瞪得像汽车大灯。

　　"去，还不行吗？"我翻了一个白眼。心怡冲我使了一个眼色，小声说："姐，你放心，老规矩，十分钟后给你打手机，就说你们家水管子爆了。"

　　第二天晚上，我扎着马尾，背着瑜伽包，一脸横肉地杀到香合园大厅。沿途莫名其妙地遇到了不少似曾相识的人，总觉得在哪里见过，又想不真切。我越走越觉得诡异，心里一阵阵地发紧。

　　忽然，我看到了拐角处坐着的志南。他比以前黑瘦了，鼻梁上还多了一副黑框眼镜。看到我，他连忙起身相迎。

"好久不见。"我发现这句话说起来真的是让人心酸不已。

志南也很激动，他深吸了一口气，对我说："好久不见。小珊，是我拜托阿姨把你骗出来。我觉得那次生日会，我太唐突了，一直没有好好给你道个歉。我喜欢你的率真可爱。和你在一起，总有一种说不出来的舒服和温暖。但我没考虑你的处境和心态，就贸然地逼你在所有人面前表态。回去后我反思了很久，决定等找到了工作，稳定了，再回来找你。这段时间，心怡一直帮我通风报信。虽然你绝口不提，但从你敷衍潦草的相亲，她判断你一直放不下我。所以，我才有胆量再次来到你面前。你说得对，你不能只谈恋爱，你需要稳定的生活和家庭。我已经顺利毕业，这个月就入职到第一医院的心脑中心。现在，让我们在一起吧。"

我这才发现，门口那些人都噼噼啪啪地鼓起掌来，竟然是那场生日宴会的原班人马。大力和心怡也不知从什么地方钻出来。大力吼道："于小珊，你撞大运了！"

我早就哭成了狗，眼泪怎么擦也擦不完。妈，你说得对，总有一天，会有一个懂我的人发现我的美好，成为属于我的白马王子，轰都轰不走。

志南一把把我揽在怀里，长舒了一口气，说："终于又抱到你了。你这个小傻瓜。"

我号啕大哭起来，涕泗横流地抹了志南一身。见鬼了，电视剧里女主被表白的时候是怎么保持优雅的落泪的，现在再学，恐怕也来不及了。

众人起着哄，还有人唱起歌来。嘈杂中，志南在我耳边轻声说："你知道猎豹代表什么意思吗？"

我茫然地摇摇头。

"那表示我想要嫁给你。"

有人说过，我们还没尝试初恋，就觉得它必定夭折，只能留下日记里语焉不详的怀念，还没有坚持初心，就断言现实嶙峋得一塌糊涂，理想主义者必定粉身碎骨。

我们都曾因怕受伤害而怀疑过爱情，认为它不堪一击，脆弱无比。于是拼命给它附加上各种诱人的条件：匹配的家世，殷实的财力，适合的年龄……仿佛凑足了门当户对，才敢琴瑟和鸣，比翼双飞。我们用尽一切办法帮爱情保驾护航，生怕它夭折在某个未曾预设的环节。可是我们忘了，笃定的爱情能够不屈不挠地生长，它存在的本身就足以抗击一切力量。

这世上，还有很多事值得我们一如既往地相信。首先，就该是爱情，不是吗？

你有没有爱上我

　　晚风轻拂，我和林洋手拉着手慢慢地走向食堂，天边是似火的晚霞，万道金光。回想起之前的点点滴滴，我们俩都一脸的娇羞，各自扭过脸去偷偷地笑了。

/01/

周一，正午。

整个操场，只有我和林洋怒目而视地瞪着对方。

林洋气哄哄地质问我为什么不参加新年联欢会："你是班干部，舞不会跳，歌不会唱，诗朗诵总行吧？"

"不会！"我大声说。

"这也不行，那也不行，你说，你还能干点儿啥？"林洋气得声调都高了八度。

"对，我就是什么都不会。我才疏学浅，我目不识丁，我就是这么差劲。碍你什么事了？我跟你有什么关系呀？"我叉着腰，斜着眼，给林洋一个结结实实的下马威。然后心里暗爽，这女人要是耍起无赖来，还真是不可抵挡。

林洋一下子就被钉死了，鼓着腮帮子干跺脚，说了句"算你狠"就跑了。

我看着他落荒而逃的背影，得意地说："小样儿，还想跟我斗。"

我是复读生，高一那年还得了肺炎，休学了一年，在鼎鼎大名的监狱式高中足足蹲满五年才考上了心仪的大学。年龄大的优势就是脸皮厚、底气足，不想干的事情谁说也没有用。林洋嘛，是我们班班长，一个眉清目秀的小鲜肉，才华横溢、学富五车，班里的姑娘三不五时地就犯一回花痴，背地里叫他什么长腿欧巴，搞得我这个"姐姐"每次和他说话都一种为老不尊的惶恐。

眼下虽然是把林洋打发了，暂时没有了抛头露面的危险，我心里还是不踏实，蔫不出溜地回到系里，正撞上我们班的辅导员丁老师。他夹着书，眯缝着眼，看见我，忙和蔼可亲地凑过来："你这次表现还是很不错的嘛，总算是没给咱们班丢脸。"

"我……"一种不祥的预感。

等我爬了六层楼，辗转拿到新年联欢会的节目单，顿时傻了眼。开场曲居然是我和林洋合唱《因为爱情》，我简直要气炸了。这歌连王菲都唱不准，你要让我在水房哼哼几句，我没准还能飙上去，居然先斩后奏，要我当着那么多同学丢人现眼。

我气得掏出手机给林洋打电话。响了好久，才有一个声音弱弱地"喂"了一句。我暴跳如雷地怒吼："林洋你个胆小鬼，陷害我。让我唱什么狗屁爱情。我不会，我告诉你！你在哪儿？马上给我滚出来！"

"我病了。"林洋的声音气若游丝，听上去特别虚弱。

我一下就没了气势，病了。听声音好像真是不舒服。哎，就算要打架，也等他好了吧。我说："嗯，这事还没完。你必须把我删了。我真的不会唱。"

一阵剧烈的咳嗽之后，是林洋无奈又淡定的回答："不是说你和我有关系了，你就能演节目吗？咱们班实在没有别人了。我也是查了档案，看到你在高二那年当过文艺委员，才这么安排的。现在我郑重宣布，我喜欢你，你才疏学浅也好，目不识丁也罢，我现在正式表白了，可以了吗？你去练练歌吧。"

天哪，我估计全世界也没有一个人能为了班级荣誉把自己的爱情搭上的吧，还是搭给了一位不着调的老大姐。这下换我蒙圈了，攥着电话，死活说不出话来。

"怎么了？你没事吧？快去准备吧。"说完，林洋挂断了电话。

他一定是疯了。

/02/

可我怎么好像也疯了呢，竟然开始在水房里挂着耳机搓着袜子偷偷地哼唱这首《因为爱情》。洗澡的时候，也是左右弓步，一边踏板压水，一边引吭高歌。就连去上自习，耳边也是洗脑般的单曲循环。宿舍的姐妹都觉得我走火入魔了，小熙更是隔三岔五地给我送一盒薄荷喉宝，生怕我那破锣嗓子撑不到演出。

更要命的是，看见他时竟然会不自觉地脸红心跳。有女生在他身后指指点点，心里就会泛起阵阵酸意。我真想跳到她们面前，张开血盆大口，嚣张地宣布都别再瞅了，这人已经是我的了。可又会马上摇头晃脑地清醒过来，讪讪地想抽自己，那只是个玩笑，人家跟你有什么关系。

再说林洋也真的没有什么别的表示。他看我从来都是一本正经，目不斜视，有事说事，无事退朝。我好想问他说过的话到底算不算数，可是哼哼唧唧怎么也开不了口。我最怕他一脸无辜地求饶，说什么"我这是为了和谐校园忍辱牺牲，卖身求荣，你配合一下，可千万别当真"，又或者霸道总裁一般推我到墙角，一边耸肩抖腿，一边轻蔑狂笑："你是猪吗？这种事说出去有人相信吗？和你表白，我又没瞎。"然后垂头丧气的我无地自容地穿过所有的注视和嘲笑。

可是我担心的事情都没有发生，除了我越来越不敢看他。

在食堂，只要发现他的身影，我的胃就立马抽筋。我一把将饭盒塞给身旁的小熙，吓得落荒而逃。

上课的时候，我总是坐在第一排，目光炯炯地看着授课老师，生怕和任何人的眼神不期而遇，小鹿乱跳。

上自习我基本都不在系里的教室。我宁可抱着书包颠沛流离，也害怕一开门就看见林洋也在那里。

可是再害怕，终于，还是到了新年。舍友倾囊相助，把包包里昂贵的化妆品悉数奉上，由我系的时尚风向标大楠姐亲自操刀，说什么妆太淡没有舞台效果，结果给我画了一个"猴屁股"，就一把把我推上台了。

林洋看着我，猛掐自己大腿，强忍着唱完了整首歌。下了场，笑得差点儿背过气去。我一边卸妆，一边大骂："你还有脸笑，是你背着我报名，害得我晚节不保。这是我一辈子的污点，要不是当初你说……"忽然想起了他说的那句"我向你表白了"，心里忽地一紧，便再也说不出话来。

"当初怎么了？"大家都面面相觑，感觉到了空气里的一丝神秘。

大楠走上来杵我，"怎么了这是，有故事，还是有事故？你俩有什么秘密不能说呀？"

我一时语塞，窘得低下了头，我能感到周围的窃窃私语，大家都不动声色地对着眼神。顿时我觉得耳边像火一样在燃烧。

余光中，林洋腾地站起来了，一本正经地说："大家别议论了。是我在演出前跟她表白了，我希望她能答应做我的女朋友。"后台顿时就炸了，有的人一脸铁青，翻着白眼走了，有人交头接耳，说什么早就看出来了，有人过来和我俩握手道喜。场面真是滑稽极了。我实在不知道该说什么，这是一场梦吗？我和林洋？这样的我，居然因为一首歌，就成了林洋的女朋友。

/03/

后台的人都走得差不多了，林洋故意留下来等我。我磨磨蹭蹭地收拾着东西，紧张得浑身冒汗。我很怕和他单独相处，我觉得一切都是个美丽的梦。这件事，我从来没敢和任何人说。我甚至不敢多想，不敢多问，生怕自己用力过猛，不小心把这个梦惊醒。

林洋一点点地靠近了，靠近了。他说："你好像总躲着我。"

我故作镇静地说："啊？没有哇？我哪有躲你。"

林洋说："我在食堂看见过好几次你落荒而逃的背影，我问小熙，她说你不知看见谁了，突然就说胃疼。而且你总去历史系的自习室看书，可其实他们的晚课特别多。我一直想和你面对面地好好谈一谈。"

我竟无言以对，看来，这小子是酝酿良久，有备而来。我也不能坐以待毙，甘拜下风啊。

"你想让我说什么呢？让我承认我把你说的每一句话都记在心里，心心念念地等着你兑现承诺？还是想听我和你一样玩世不恭，压根儿没把你的表白当回事？你这种长相好看的人是不是特有心理优势呀？你是不是觉得所有女的都喜欢你呀？是，我承认我这个人肤浅无知，是个'颜控'，那又怎样啊？我偶像一个月换八回，从胡歌、言承旭到鹿晗、霍建华，我排着队地魂牵梦萦，垂涎三尺。你想做我男朋友，还得看我心情呢。"Yes！我终于做回了我自己，一鼓作气地疏散了心中的怨气。

林洋大笑，说："如此说来，你真是一条汉子。这么说，我当时的表白，你根本没当真？你对我从没有一丝一毫的动心？"

"没有。"我越说气势越足，如果爱是卑微的乞讨，那我宁可什么也不要。

"好极了。"林洋说，"我真怕你以为我是为了一首歌追你呢。我那天和你表白完，我就后悔了。"

天哪，我到底还是猜对了。那一刻我听到了大厦倾颓的巨响，伴着滚滚烟尘，呛得我如鲠在喉，泪眼婆娑。这件事根本就是个有始无终的误会，我居然还一直把它沉甸甸地放在心里。居然还羞涩傲娇，自作多情了大半个月。我就是个超级白痴呀。

我气得满脸通红，像机器人卡顿一般停了几秒，然后手忙脚乱地背上书包飞一般往外跑。

林洋一下拉住我，不由分说地把我紧紧抱在怀里，温柔地说："傻瓜，你是猪哦？你不记得开学后，我发给大家的体检表，全班只有你的照片丢了。你不记得书法课你忘了带毛毡，是我借给你的吗？你不记得一向马大哈的小熙总是按日子给你买喉宝？"

"啊？原来都是你。"我枕着他宽厚的胸膛，满脑子都是清香醉人的粉红色气泡。

"其实，照片是我偷偷藏在钱包里了。毛毡借了你，我只好装肚子疼，赶紧回宿舍取旧的。为了劝服小熙当内应，我请她吃了三根可爱多呢。"林洋摸着头，不好意思地一一承认。

天哪，原来我喜欢的人，也在处心积虑地讨好我。我心里像漾开了一池春水，甜极了。林洋看见我脸红，宠爱地附在我耳边深情地说："我不知道怎么接近你，就幼稚地总是气你，嘲笑你，惹你生气。其实我是为了引起你的注意。我说我那天和你表白完就后悔了，是因为我想告诉你我不会为了逼你和我一起唱歌而喜欢你，我是因为喜欢你，才逼你和我一起唱歌。"

晚风轻拂，我和林洋手拉着手慢慢地走向食堂，天边是似火的晚霞，万道金光。回想起之前的点点滴滴，我们俩都一脸的娇羞，各自扭过脸去偷偷地笑了。

耳边依稀传来操场上的校园广播："这首歌给你快乐，你有没有爱上我。"

十年一恋，从未后悔

　　我希望在这段日子里，自己能不断地成熟，不断地努力。因为我总觉得，我们会在一个不经意的早晨或者下午，在一个无比熟悉的路口，于茫茫人海中看到彼此的眼眸。

/01/

　　我知道，说时光如白驹过隙太俗，可转眼，2010年已经是我在德国的第三年了。

　　头半年里，我还只是个闷声不语的大男孩，和所有留学生一样，我们被牢牢地排除在本地学生之外。相熟的是新加坡和马来西亚的华人，有时会和香港的Tom抬抬杠，但仅限在游戏里。

第二年的时候，班里的大陆学生越来越多，大家扎堆在一起吃吃喝喝，看上去空前团结。不过三不五时就会为了女人开战，只要是来了漂亮的新同学，总会引起大半个月的骚乱。

春天的时候，学校突然从北京来了一个女生叫小瑞。听说一头长发又黑又直，气质清纯，明眸善睐，简直成了整个校区一道靓丽的风景线。老吴是我社团的兄弟，上海人，小气抠门到惨绝人寰，居然为了小瑞可以不打磕巴地连买了十二天九十九朵红玫瑰。

我说："兄弟，你这是要爱不要命啊，下半月不许管我借生活费。"老吴龇着牙凑过来说："这回是真没钱了，别说下半个月，下半年的生活费都搭进去了。"

"德国玫瑰是金子做的？"我这才意识到来了德国三年，我竟然从来没有买过花。想到这儿，我不禁摇着头笑了，也对，没有相爱的人，买花来做什么呢。

"你不懂，除了玫瑰，我还给她买了个最新款的手机。"老吴眯着眼睛，摩挲着一个崭新的小方盒，神情猥琐极了。

"你这么穷，还坚守在泡妞一线不肯下来呢。可人家搭理你了吗？我怎么听说那些花都堆在女生宿舍的楼道里呀。"我看着老吴那怂样，真不想让他继续再沉迷，"小瑞？有那么邪乎吗？哪天我去会一会。"

"哎哎哎，别呀。朋友妻不可欺。你小子个儿高、盘儿靓，还八块腹肌。我警告你呀，你给我把你那人鱼线遮起来，少在我们家小瑞面前晃悠。"老吴一把薅住我，一副要打架的样子。

"行了。你就放心吧。我，不近女色的。"我一脚踏上自行车，想着身后六神无主的老吴，忍不住笑出声来。

/02/

晚上回来的时候，发现门口多了几辆女士的自行车。

我一脸狐疑地推开门，发现老吴站在客厅的正中间，正慷慨激昂地给学弟学妹猛灌鸡汤。说什么刚到柏林那段时间，每天都在中餐馆里刷盘子，还偷偷去匹萨店送外卖。来柏林大半年了，都没去过御林广场。白天上课，晚上加班，熬得两个眼睛都出血了，但期末依旧考出了全A的成绩。

"喔！"大家一边尖叫，一边把手掌拍得巨响。

老吴的话要是能信，母猪都能上树了。我笑着进去，想打个招呼就退回自己屋里写论文。忽然看到了靠近窗户的沙发上，坐着一个穿着蓝色毛衣的长发女孩，身上打着柔和的日光，正目不转睛地盯着我。

老吴大声叫着我的名字，招呼我过去。我礼貌地一一握手自我介绍，直到停在那个长发女孩那里。

"这是李思诺，我室友，原来是财经大学的校草。这是小瑞。小瑞你知道的。"老吴冲我挤眉弄眼，示意我赶紧离去。

我笑着点了点头，边握手边说："大家坐，我还有点事先出去了。"

小瑞的手比看上去的还要小，还要软，握在手里还在微微地打颤。她忽然眯起眼睛，沉思了一下，然后紧张地问我："李思诺，我知道你，思念的思，承诺的诺，对吧？"我大笑，夸她神机妙算，连人的名字也能一下就猜对。她歪着小脑袋解释说："不是的，我也是财大的，不过只上了一年。咱们学校里二楼第三个窗户下，刻着一行小字，特别深，特别清楚，写着'李思诺，我舍不得你'。"

顷刻间，天旋地转。我觉得胸中一股热浪涌上来，所有画面一起回放，记忆中她的笑脸，她的长发，她的背影，又填满了我的脑海。我们终究是爱过的，对吗？她经历了怎样的折磨才割舍了我们的感情，？我一直以为她是为了那虚荣的第一名，为了她和父亲的生活，我怎么没有想到，她也是为了我的人生和未来？她用无言和冷漠祭奠了我们夭折的爱情。但终究不忍心让它无声无息地消失，到底给我留下了寻访的神迹，并在多年后，让一个天使把它漂洋过海，送抵我的心头。

/03/

　　小瑞提起的女孩儿是我的初恋欣怡。大一那年，我喜欢上了班里一个清秀文静的小女孩儿。那时的我们，已经清楚地感觉到了爱神的眷顾。上课的时候，我总是不自觉地看她的背影，那时候她总是和她们宿舍的人一起坐在阶梯教室的前头，我每次都默默地追随着坐到她的身后。

　　没课的时候，我们总是不约而同地来到教学楼二层的第三个窗户，那里有一个半圆形的平台，轻描淡写地聊上几句，开开老师和同学的玩笑。风总是适时地吹来，不大不小，刚好撩起她耳边的碎发，也刚好撩动我那稚嫩的、脆弱的少男情怀。

　　以至于许多年以后，我还是不断地重复这样的梦境，她就在窗前，就在我的身边，冲我微笑，可是，我一伸手，梦就醒了。

　　第一次做这样的梦是在学年考试的前一天，醒后我的枕巾早已湿透，喉咙哽咽得生疼，双手不停地颤抖。当时没有手机，如果有，我做的第一件事就是拨通电话，大哭着告诉她我们能不能一辈子不分离。十八岁的我，还来不及学习爱情的真谛，却有了想要地久天长的冲动。

　　可是，生活从来就不是我们可以设计安排的。命运中的恶魔总是悄悄地跟在你的身后，等你刚刚绽开幸福的笑脸，就是那一秒，不早不晚地拍你的肩。等你回眸的那一瞬间，天崩地裂，沧海桑田。

学年考试公布分数的那天，我们返校，天气极热，闷得让人喘不上气来。我看到排名第一的不再是她，她竟然意外地挂了科，无缘参评任何一项奖学金。我惊讶得目瞪口呆，半天回不过神来。想到她的心情一定不好，我特意买了她爱喝的冰红茶蹲在学校门口等她。同学都陆陆续续地出来了，看见我，几个哥们儿心知肚明地打着趣儿。猴三鬼头鬼脑地告诉我，辅导员猛徐把她叫到系办公室了。我的心咯噔一下，焦虑了好一阵子。

远远地，走来了那个再熟悉不过的身影。她低着头，好像还在抹着眼泪。我真想冲上去，安慰她，鼓励她。可是忽然就手足无措起来，脚下像被钉住一样，动弹不得。她看见我，低下了头，径自骑上车，从我身边飞驰而过，撒了一地的失意和落寞。

整整一个暑假，我都没有笑过，我总站在电话前徘徊了很久，一下要打，一下又觉得应该让她冷静冷静。妈妈也发现了我的反常，关切地问东问西。时隔多年，想到妈妈的演技，还是让人惊叹不已。我们就像两个浑然不知的小鸟，错过了拯救彼此的机会，在那张精心布置的天网里单打独斗，力竭而亡。

你可以很强大

有能力爱自己，有余力爱别人

━━━━━━━━━

　　我终于鼓起勇气决定去她家找她，我把所有对于爱情的勇气都孤注一掷地投入到这场战斗中。每天，我都在她家楼下等待，我幻想她突然看见我的眼神，惊喜中带着羞涩，一切的一切都会熔化在我们炙热的对视中。

　　可是，我还没有等到她，就先迎来了她父亲的仇视。那是个有点儿驼背和谢顶的老人，面容和年龄一点儿也不相符，浑身写满了生活的沉重和艰辛。可以想象他对于女儿的期望是支持他的唯一动力。以前隐约觉得她没有母亲，因为一提到"妈妈"这个词，她的眼中全是陌生。这次终于证实了我的猜测，这是个不算幸福的单亲家庭，父亲独自养育着兰心蕙质的女儿。也许是我突然的介入影响了多年来稳定的父女关系，她父亲对我的憎恶到了无以复加的程度。

　　没过多久，我妈妈也加入了这场势均力敌的战争，她说出了我的人生规划，我是要到德国去的，因为姑姑和姑父很早就已经在德国定居。我从小就学习了英语和德语，不得不说，我在语言上有得天独厚的天赋。记得以前，有个伟人说过，你可能三天学会英语，三个月学会法语，可你三年也学不会德语。这话在我这里得到了否定，我的德语从小就比英语好，我早已知道我的未来和德国有着某种约定俗成的关系。可我从来不认为这些和我的爱情有任何冲突，我怎么也想不到，这竟然是妈妈谋杀我初恋的有力武器。

　　这颗炸弹在欣怡的心里爆发了，不偏不倚地击碎了她对爱情的信任和执着。她还没来得及听我对未来的规划就及早切断了我们的联系，她封闭了自己，手机永远关机。除了自习室和图书馆，她哪儿也不去。每天，我看着她的背影，在二楼第三个窗户前等她，都是徒劳。她已经和我形同陌路。于是，我开始了那个梦魇，开始梦到她总是一路奔跑，在某个叫不上名字的街角转眼就消失。我一次又一次地惊醒，直到再也没有一滴眼泪流出来。

我向众人宣布我恋爱了。我和一个出了名的"小太妹"林巧在一起了。我们牵手，肆无忌惮地在校园里牵手，在她面前，在猛徐面前，甚至在妈妈面前。我们招摇过市，希望人人喊打。可是，所有人都没有反应，包括她。我甚至从她的眼神中看不到失望，却正好印证了所有人在她面前诋毁我的预言。我越是表现我和林巧的恩爱，我就越痛苦，越讨厌自己。我对这场莫名其妙地冠以恋爱名义的交往厌恶极了。一个月后，闹剧偃旗息鼓。她还是没有理我。

终于在我临出国的那个学期，她击败了所有人，重新夺回了排行榜第一名。看着她久违的笑容，我心里一阵酸楚。也许他们说得对，我只会拖累她。她应该也必须有美好的未来，那不光是她的，也是她父亲的。

妈妈已经开始紧锣密鼓地帮我安排学校，即使我的口语很好，在德国也必须先上语言学校。我开始意识到，我们渐行渐远，最终会变成两条平行线。

　　我真的输了，我知道。每天夜里，我反复听着她送我的CD，终于听懂了什么叫"没有你之后，我的灵魂失控"，听懂了"我会学着放弃你，是因为我太爱你"。明白了初尝爱情的莽撞与笨拙，理解了因不谙世事而受到的羞辱和追杀。

　　终于，我可以坦然地接受她走出我的世界。

/04/

　　可是我从来没有想过，原来我经历的那些痛苦，她也经历过，甚至会比我痛得更久。若不是小瑞一语道破，我还在心里自私地记恨着曾经她对我日夜的折磨。我竟然没有给她解释的机会就选择了放弃，甚至当着她的面和林巧厮混在一起。现在想起来，我真的恨死那个幼稚无知的自己了。

　　我算好了最近假期的时间，马不停蹄地买好了回国的机票，每天都是一脸亢奋。小瑞和老吴一直帮我刷机票，小瑞总是惴惴不安地问我，是不是无意间说错了什么。

　　我说："谢谢你，如果不是你，我永远无法正视自己的过去，无法面对爱情的战场上一片狼藉。现在，我只想快点儿找到欣怡，告诉她，谢天谢地，那个没有勇气、没有担当的胆小鬼终于长大了。"

　　我期待着我们四目相对的那一刹那，甚至设计好见面的第一句话，还有那句"李思诺，我舍不得你"，我一定要在最恰当的时候说出来，看她娇羞成怒的样子。那一刻我们都会醉的。"相信我，我就在飞回你身边的路上，等着我。"我在心里默念。

一共十二天，我的假只有十二天。我天天都在找她。她搬了家，手机停机。所有校友、同学，甚至猛徐，我能问到的人都问了，但没有人知道她的消息，只知道她以优异的成绩考上了外交学院。我去过那里，证实了她在这里上了两年学，后来被选上做交流学生，去了不知是夏威夷的哪里。我去了我们经常去的二楼的第三个窗户，看到了那行小字，娟秀的字迹一看就是她的笔体。这行字成了我最大的动力。每日的奔波，让我饱受思念的煎熬和折磨，我总是自己给自己打气，明天，也许明天，我就能得到她的地址。

/05/

可是，茫茫人海，无处寻觅。三年的时光，许多痕迹都已逝去。

回到德国，我的心情跌到了谷底，一度酗酒。小瑞总是很内疚，她后悔自己的唐突把我卷进了对往事的追溯，搅乱了我现实的平静。我第一次跟别人讲起了我的初恋，我用最普通的词语和最平和的心态叙述着，我生怕，生怕炙热的言语会烫伤我的心，会点燃我的灵魂，因为我已经体无完肤。

突然我发现，小瑞已经泪流满面。

我第一次发现，我们的爱情像是被施了诅咒一般只能属于回忆，一旦我动了寻找的念头，现实就会把它打回原形。是不是真的相见不如怀念？

终于到了学成归国的日子。德国一直是Diplom（硕士）学制，类似国内的本硕连读，历时五年。在2013年的冬天，我回到了北京。母亲总是派父亲拐弯抹角地探听我的虚实，她想知道我在德国有没有要好的女朋友。因为她用女性特有的嗅觉体察到了，我在德国不是一个人，从我的行李中她闻出了小瑞的味道。

随后我入职一家德国独资的手机公司做公关，多是负责翻译本部的资料。日子不温不火地过着。

新家装修时，回国度假的小瑞帮了我不少忙，陪着我上建材城砍价，一家挨一家地砍，搞得商户看见我俩直乐。一个中年妇女拍着我的肩膀说："小伙子，有这么精打细算的老婆，你省多大心哪。"我刚想解释，却看到了小瑞低下头，眼里藏着一闪而过的羞涩。

晚上，我特意请了小瑞吃饭。我一五一十地告诉了她："我决定了，要一直等着欣怡回来。"

小瑞红着眼圈说："要是她不回国了呢？要是她已经结婚嫁人了呢？"

我深吸了一口气，平静地说："我在班里的微信群和校友网站上都留了自己的通信方式，我和所有的老师、同学都表达了想要找到她的决心。我做好了迎接她的一切准备，从不敢有一丝的怠慢。我这么做，是为了了却这么多年盘桓在我心中的情结，如果这一次我不做任何努力，又把欣怡无端地推给了命运和缘分，这辈子我也不会心甘。"

回去的路上，我们一前一后地走在街上，路灯把我们的影子拉长又缩短。小瑞始终低着头，没有说一句话。

几天后，小瑞打来电话说已经在机场，准备回德国了。她说："谢谢你和老吴这么多年拿我当真朋友。可是，一开始，我没想把你只当朋友。"我笑着说："老吴也是。"

"可不可以让我留下来陪着你等欣怡，如果最后你没有等到，我们就在一起。"我听见电话里一阵沉寂，隐约有抽噎的声音。

"原谅我，小瑞，我不能只想着自己，我没有留下你的理由和勇气。"我说道。

送走了小瑞，我的心情也阴郁了一阵子。她就像我的妹妹，了解我，关心我，我却因此而伤了她。可这终究不是爱情，曾经沧海难为水，我总算明白了此言的真意。

下半年的时候，微信上传来了消息，是小瑞结婚的喜讯。照片上新郎高大英俊，是个瑞士男孩，比她还小一岁。婚礼在一个街心公园，小瑞搞了个自助冷餐会，和留在德国的同学欢聚在一起，挺有新意。我笑了，小瑞就是这样，充满了生活的灵气，让人禁不住地想去疼惜。

/06/

老吴说我成了爱情的绝缘体，每天上班下班两点一线，半个月回一次父母家，一个月八次健身。早睡早起，无不良嗜好，既不抽烟喝酒，也不熬夜上网，简直是标准的健康宅男。我摸摸头，笑而不语。每当累的时候，总会想想欣怡咬着牙艰难地考回第一，每当有女孩示好的时候，就会想到欣怡一个人独自面对我任性自私的离去。

我希望在这段日子里，自己能不断地成熟，不断地努力。因为我总觉得，我们会在一个不经意的早晨或者下午，在一个无比熟悉的路口，于茫茫人海中看到彼此的眼眸。

那一刻，我希望她看到的是一个依旧阳光健康却更加成熟稳重的李思诺，牵着她的手说："这十年的爱恋，我从没有一刻后悔过。"

你好，30岁以后的自己

长痛不如短痛，这句话说得很对。短痛是一时折磨，长痛是恒久撕裂，一时折磨可以依靠时间来消退淡忘，但恒久撕裂会导致一系列衍生的情绪——消极、抑郁、纠结、自我否定和彼此猜忌。

/01/

我从小到大都是乖乖女，考上了父母最满意的小学、中学和大学，毕业后做了父母最期望我做的职业——老师。后来经过父母的朋友介绍嫁给了某大型互联网公司的销售总监赵晓光，日子过得风平浪静，水到渠成。

生了女儿后，我停薪留职了三年，足足等到宝宝上了幼儿园，才重返职场。好在学校的课程负担不重，每周上几节课，其余时间可以照顾家里。

我老公晓光是家里的独生子，婆婆三十四岁的时候才舍命生下了他。从小他就衣来伸手，饭来张口，结婚这几年连洗个碗都要大张旗鼓，奔走相告，仿佛是一种莫大的恩赐。前两年，我除了要照顾嗷嗷待哺的女儿，还得买菜做饭，帮老公洗衣熨烫，好在那时候没有来自职场的压力，我可以安心照顾家庭。

可惜这一上了班，事情就多了。备课、上课、批改作业、家校沟通，虽然每天上课的时间只有几个小时，可教育工作劳心劳力，不是老师真的不能体会。

于是吃饭上偶尔就只能点外卖了，房间也来不及每天都打扫清理了，幼儿园开放日如果赶上课多，我也参加不了。慢慢地，晓光开始抱怨我不像以前那么顾家了，好像也不那么温顺了，有几次晓光怒气冲冲地从浴室里跑出来质问我为什么他常用的洗发水还没有买来。

我知道在家带娃的那两年，我把他照顾得太好了，我也尝试着让他明白，上班后我再也不可能像从前一样，可晓光似乎很难理解。有时候他气急了，就会当着我的面给婆婆打电话，说自己现在又累又苦，就快活不起了。

因为婚房是婆家在自己相邻的小区里买的二手房，我父母出钱装修的，所以婆婆一直拿着我们家的钥匙。隔三岔五就上来送点儿红烧肉，或者洗洗衣服。这一点，我从来没意见。我女儿隔周回姥姥家，风雨无阻。她喜欢我爸养的一只大金毛狗，从小就叫它小吉他。每次回家，小吉他都会兴奋地围着女儿转圈，姥爷就会一手抱着外孙女，一手抱着小吉他，开心得合不拢嘴。

每当这时，我都会觉得自己好幸福。父母身体健康，女儿伶俐乖巧，连小吉他都是忠肝义胆的良犬，从小就不乱叫，不乱咬，温驯得像只小兔子。这时的晓光会显露出难得的勤劳，陪我爸喝喝茶，下下棋，吃完饭就撸起袖子假装要进厨房洗碗。老妈一定是系好围裙堵在厨房门口，一个手肘就把晓光怼到沙发上坐好。

"你们都忙了一个星期了，周末就好好歇着。"每次都是这个理由。

我知道，爸妈对我找晓光做老公非常满意。晓光是他们战友亲侄子，知根知底又门当户对，年薪三十多万，家里有车有房，属于比上不足比下有余的小康之家。这在他们眼里简直就是完美。

太富了，怕自己闺女受气，穷人家，又担心闺女受委屈。赵晓光虽然懒点儿，但本性不坏，在父母面前也有分寸，再加上我从小最害怕的就是让父母担心，所以我一直都在妈妈面前表现得非常幸福。

无数个心力交瘁、独自带娃的夜晚我都安慰自己：

男人得养家，在家懒儿点不碍事。

男人得交朋友，老有饭局很正常。

男人可以逢场作戏，也能曲线救国。

不知从什么时候开始，那些我不能接受的糟粕思想开始盘桓在我的脑海里。我开始为晚归的晓光找各种借口，也许只是为了让自己好受。

直到我在他的手机里发现了莫莫。

/02/

那天他加班很晚才回家。女儿早已酣睡，他照例去亲了亲女儿的笑脸，然后一头扎进了浴室里。我想帮他把明天的衣服准备好，就想开手机查一下天气预报。偏巧他的手机搁在了旁边的桌子上，我伸手拿过来，习惯性地输入密码。

晓光的手机是去年开始设置的密码，他说女儿大了，怕她乱摁打扰别人，于是和我商量把各自的手机都加个密码，当时商量的是两个人的生日叠加。因为我的联系人里大多是同事和学生，社会关系没那么复杂，所以我一直没有实施。

我熟练地敲了一遍他生日加我生日的号码，手机显示不正确。

我又颠倒了一下顺序，把我的放在了前面，还是不行。

有一种莫名的恐惧开始慢慢地爬上来，我握着手机，像是握着一枚炸弹，我觉得也许它瞬间就能把我的生活、我的家庭炸得四分五裂，满目疮痍。

可是，我没有停下来。我能听见耳畔咚咚咚的心跳声，振聋发聩。我紧闭双眼，脑海中拼命地搜索各种可疑的号码，车牌、门牌、结婚纪念日，直到我把女儿的生日敲了进去。突然，屏幕开了。

女儿稚嫩的面庞映入眼帘，那是我们第一次带她去海边玩，她对着翻滚的浪花吓得够呛，老公被逗得哈哈大笑，我趁乱给他们父女俩拍了一张照片，晓光一直把它当屏保。

我深吸了一口气，也许是自己吓自己，女儿的生日当密码很正常啊。

我查了天气，开始打开衣柜，帮晓光挑选衬衫。突然，手机的屏幕一闪，我看见了这辈子都忘不了的那几个字——刚刚分开就开始想念。

微信是一个叫莫莫的女孩儿发来的，头像里的女孩儿一头如瀑的长发，侧脸微笑地看着远方。我点开了聊天记录，之前的内容全都删除了，只有这句炽热的情话，刚刚抵达。

这几个字就这样平稳顺畅地降落到了我的生活里。我看着之前无边无尽的留白，开始漫无目的地胡思乱想。这个女孩儿是谁？他们什么时候开始的？进展到了哪一步？比气愤更早到场的居然是好奇。

他们是同事吗？我又仔细看了看那个女孩的样子，不像，至少不是老员工。每年年会，晓光都会带着我参加，不记得见过这个人。

客户吗？这么年轻就能对接到晓光这个级别的人的应该是团队里的精英。

正在我东猜西想的时候，浴室门忽然打开了。一阵水气扑面而来，湿漉漉的晓光裹着浴袍缓慢地往卧室里走。

我迅速把手机扣在了床上，翻身钻进了被窝。

"你今天怎么不洗澡了？"晓光一边擦头发，一边问我。

"我困了。"我喃喃地回答着，一大滴泪从眼里滑落。

晓光什么都没说，也没发现他的手机动了位置，他给我掖了掖被子，然后夹着手机去了客厅。我无法猜测还有没有更多的甜言蜜语、相思情话在远程客户端间穿梭，我唯一能肯定的是——我的世界崩塌了，我和女儿此生都不会得到真正的安宁。

一夜无眠，我看着身边的这个男人。他曾给了我家，给了我女儿，给了我稳定的生活和亲人间的关心。虽然偶有气急败坏的争吵和不辨是非的冷战，可我从来没把"背叛"这个词和他联系在一起。

月光透过窗帘洒在他脸上，我头一次发现他的睫毛那么长，那么弯，在夜幕里卷成迷人的弧线。

我没想到自己也可以当个演员。第二天，我像什么都没有发生过一样，准时起床做早饭，叫醒女儿，给她穿衣梳头，又抱着女儿滚进了我们的被窝。

"爸爸是个大懒蛋。"女儿甜甜的嗓音像四月里最清新的花香，吹进了晓光的耳朵，也撬开了他的眼睛。

"爸爸是个大懒蛋，比小吉他还懒。"女儿坐在晓光的肚子上，开始用力地拍打爸爸宽厚的臂膀。

"爸爸不懒，爸爸这就起床。"晓光眯着眼，摩挲着女儿的小手，心满意足地坐起身来。

这样的场景每天都在发生，我从没觉得有什么特别。可经过了昨晚，我清楚地意识到，谎言支撑着的幸福是那么如履薄冰。我不知道哪一步走下去，我就会万劫不复。

刚送女儿进了幼儿园，妈妈的电话就来了，她说这几天她总是头昏脑涨睡不着觉，让我明天陪她去医院看病。仿佛是母子连心，妈妈的焦虑总能和我同步。

我像往常一样上课下课，买菜做饭，仿佛变成了两个人，一个继续走在原来的轨道上做着人人羡慕的贤妻良母，另一个跳脱出来，像旁观者一般审视着我、审视着身边的这个男人。

你想干什么？你准备什么时候面对现实？你可以和过去好好告别吗？

/03/

晓光执意送我和母亲去了医院，但他上午要开会，放下我们就走了。我陪母亲挂号问诊，开药取药，忙活了整整一上午。

还是血压的老毛病，临走的时候，我叮嘱妈妈要照顾好自己。

"你也是呀。"出门的时候，妈妈说。

"也是什么？"我恍惚了一下，没听懂妈妈的话。

"你也要好好照顾自己。"妈妈突然一字一顿地说，还用手指戳了戳我的脑袋，"哪像个当妈的呀，整天稀里糊涂的。"

我忽然抱着妈妈就号啕大哭起来，眼泪像泉水一样不停地泪出。那条刺眼的信息，那些随时阵亡又无从考证的甜言蜜语，那些温暖和美好的过去和曾经憧憬向往的未来都从记忆深处涌来，如潮水一般挥之不去。

妈妈愣在那里，她抱着我一动也不敢动。我相信她从没有预想过这一刻的到来，或者说，她从没有相信过我会不幸福。

"你到底怎么了？"妈妈一边帮我擦着眼泪，一边说。

我知道，我需要给自己留一条后路。这件事一旦告诉了父母，我和晓光的结局就已注定，只能心有嫌隙地过一生。而我，还没想清楚自己能不能接受这种注定。

我擦干了眼泪，挤出了几抹笑容，骗妈妈说是被她的高血压吓到，再加上这几天女儿也不听话，晓光又加班，简直累到崩溃。

妈妈什么都没说，也许她相信了，又或者她根本没相信。过了很久，妈妈抱了抱我，说："不要太委屈自己。"

出了妈妈的家门，我又急匆匆地去接女儿。结果一扭脸，在小区的门口看见了莫莫。

我发誓，我绝对不会认错。

那个头像，仿佛是刻在我的脑子里：一头如瀑的长发，风情万种的眉梢，紧身的深棕色皮裤绷在纤细的腰身上。一转身，她进了小区里的另一栋住宅楼。

晚饭我做得很潦草，女儿一直抱怨鸡翅好咸，西红柿又太酸，可我都想不起来自己是怎么依靠惯性运转到现在的。晓光也有些不满，他的嘴唇动了动，到底没说出什么来。

吃完饭，晓光破天荒地说："我来洗碗吧。"

我看着他笨拙地挤着洗涤剂，用两根手指头拎着盘子乱转，心里一烦，伸手夺了过来。

"怎么了？妈的身体是不是有什么问题？"晓光小声地说，"还是宝宝又惹你生气了？"

我很想说是你，是你把我所有的美好都打破了，是你毁了我们的家和生活，可是我说不出口，我还不知道余生怎么和破碎相处。

女儿洗完澡以后，很快就进入了甜甜的梦乡。今天我给她选的故事是《辛德瑞拉》，当读到恶毒的后母时，女儿问我什么叫后母，我的脑海里突然出现了莫莫的面庞。我开始意识到，自己的若无其事实在懦弱可恶，因为她的存在不仅仅威胁了我，更有可能在未来伤害我的女儿。

为了她，我不能再装聋作哑地幸福，靠怜悯得来的安稳根本就是饮鸩止渴。

我轻轻地关上了女儿的房门，也打开了自己的心门。我要和晓光谈清楚，不再做一个懦夫。

"你们俩什么时候开始的？"我坐在床边，用适当的音量一字一句地讲。

"什么？"晓光愣住了，眼神开始闪躲。

"你有病吧？莫名其妙。"他小声地嘟囔着，"快睡觉吧。"晓光像一条泥鳅一样滑进了被窝。

我看着他僵硬的背影，想象着他复杂的表情。这一刻没有我想象中那么难，面对现实其实是最简单的解决方式，因为逃避的路径太多，你极有可能在谎言中迷失。

"我们离婚吧。你要莫莫，我要女儿。"

/04/

这一夜我睡得特别好。

醒来的时候，晓光已经起床了。我走到客厅，看见他微肿着眼睛正在煎鸡蛋，厨房里烟雾缭绕，油花四溅，很快就闻见了淡淡的煳味。

我一边加大排风扇，一边麻利地打开窗户，迎面碰上了晓光愧疚的目光。女儿被叮叮咣咣的声音吵醒，光着脚丫跑出来问："妈妈，是不是着火了？"

我把煳鸡蛋扔到垃圾桶里，没过几分钟就做好了三明治。

"妈妈好厉害呀。"女儿被晓光抱上了小餐桌，她看到金灿灿的三明治开心地拍起手来。

"是呀，妈妈一直都特别厉害。也希望妈妈以后能永远这么厉害，给爸爸和宝宝做好吃的饭菜。"晓光用余光扫了我一眼，我知道这句话里含着抱歉和求和。

晓光如实地告诉我他和莫莫是在手机定位中"附近的人"里认识的，一开始莫莫来打招呼加好友，晓光觉得日子平淡，多认识一个人也没什么大不了。后来就开始聊各自的家庭，莫莫新婚，但她老公一直出差，东奔西走。

也许是为了调节单调的生活，也许是没接触过这种辛辣热情的少妇，晓光的底线开始慢慢被突破，终于走上了背叛家庭的道路。

我承认，我想过妥协。在中国，一个单亲妈妈所承受的流言、质疑和揣测比我想象中的要多得多；我也明白，在亲朋好友面前亲手打破恩爱夫妻的假面具比我预料的要难得多。可我实在不想一辈子都活在复杂的想象里。我不想他一加班，我就生疑，他一晚归，我就恐慌。我不想我和晓光一辈子都战战兢兢，如履薄冰，爱也不能爱，放也不敢放。

我更害怕的是我的原谅到头来只换来肆无忌惮和变本加厉，三十岁的我也许努努力还有力气爬出失败的泥潭，如果我俩拉扯到四十岁、五十岁呢，那时的我还走得出来吗?

我知道自己做不到一别两宽，各生欢喜，但我明白时间是最好的老师，它能教会我看开和放下。我知道不该这么小就让女儿见到背叛和谎言，可我也明白更早地懂得无常，对她而言也许并不是件坏事。长痛不如短痛，这句话说得很对。短痛是一时折磨，长痛是恒久撕裂，一时折磨可以依靠时间来消退淡忘，但恒久撕裂会导致一系列衍生的情绪——消极、抑郁、纠结、自我否定和彼此猜忌。

给彼此一个机会重新开始，让我们重新出发去寻找信任和真诚，重新上路去探访奇观和美景。不要让自己的后半生被一场欺骗拖累，弄到最后分崩离析，心力交瘁。

搬家的时候，爸妈和小吉他都下楼来迎接我。小吉他兴奋地扑在我怀里，舔着我新买的皮衣。爸爸一手抱着女儿，一手搂着小吉他，温柔且有力地望着我，似乎告诉我，他们永远是我的坚强后盾。

天空那么蓝，那么高远，偶尔飞过几只信鸽。我知道，新的生活要开始了。

我只能从你的全世界路过

我是夜风，我能穿过他的头发却拉不住他温暖的手，我能撞进他的怀抱却给不了一个归宿，比陪伴更重要的是让他幸福。

/01/

我是夜风，只能站在山上，等着太阳一点点地沉落。咬住最后那缕日光，然后呼啸着从高处冲向四面八方。

我喜欢在田间肆意奔跑，也喜欢在楼宇间翻转腾挪。寂寞了就抓起一把枯叶，开心了就钻进陌生人的怀抱。

我是夜风，我曾温柔地吹过每一位晚归人的发梢，也曾蹲在街角目睹每一场突如其来的分手和吵闹。无聊的时候，我在原地跳舞。月亮姐姐出来了，我就推着她一路傻笑。

可是有一天，我爱上了一个男孩。他有着清俊的面庞和忧郁的眼神，常弯着腰在阳台上眺望满城霓虹，最后总把目光收拢到同一个方向。

我攀在墙壁上，我挂在月牙尖，每天都把他细细端详。他的眼睛好大好亮，他的睫毛又弯又长，可为什么他的心又苦又凉。

我趁着他开窗，偷偷地溜进了他的书房。看他常盯着相册发呆，常开着手机冥想，然后我才知道原来他一直深爱着一位姑娘。

那女孩眉眼秀丽，笑容又甜又美。我看着他常抚着相框默默流泪。那时候我的心阵阵绞痛，我发誓一定要帮他找到那个心爱的女孩。

于是我使劲地撞出了房门，我飞出高楼，来到长街上，我焦急地掠过每一位路人的脸庞，仔细搜索着那对甜美的眼睛。我穿过人流，穿过重雾，穿过地铁和广场，穿过牧场和羊群。我找了一座城接着一座城。我在凄冷的月光下独行，沿着男孩的记忆一路狂奔。

/02/

我到过他们相识的学校，到过他们相拥的楼道，到过他们吵架的街角，最后到了他们分手的天桥。

我听见暗夜里他无助的抽泣，看着他目睹女孩渐行渐远的背影泪如雨下。我偷偷迎上去，温柔地抚摸他的脸颊，撩起他耳畔的碎发，羞涩地在他身边打转，想填满他落空的臂弯。

月亮姐姐说："夜风畅行千里，应无悲无喜。"

可是我再也不想离开他。我赖在这座城里不想回家。我陪着他上班、发呆、睡觉、吃饭。看着他苦想着另一个女孩，嫉妒得捶胸顿足，咬着嘴唇把相框吹翻。

月亮姐姐说："夜风畅行千里，应无牵无挂。"

可是我再也不想离开他。我不想看他孤独寂寞，不想看他终日攥着手机，翻看好几遍照片和留言才叹着气睡去。我每天都看着他躺在悲伤里，整夜凝视他温柔的眉眼，不肯离去。

我明白，他永远也不会知道我的存在。他不知道窗帘是我在撩起，乌云是我为他吹散，汗水是我为他擦干，气球是我从好远的地方小心翼翼地为他抱来。我不知道自己的一辈子会有多长，但我希望能一直守在他的身旁。

可我是夜风，我能穿过他的头发却拉不住他温暖的手，我能撞进他的怀抱却给不了一个归宿，比陪伴更重要的是让他幸福。

于是我在他回家的路上，把一个女孩的帽子吹到了他的手上。那个女孩笑起来眉眼弯弯，可爱极了，她的声音像山间的清泉，悦耳动听。

我还把小雨弟弟也拉来，淅淅沥沥地下了好一阵子。我听见他们在车站里一边躲雨，一边眼神流转，聊得格外开心。我轻轻把女孩的长发放到他的肩上，我看见他俩都扭过头去，脸颊泛红。

我是夜风，我喜欢抓住每一天最后的那缕日光，在田间疯跑，在云里飞蹿，在山谷里唱歌，在十字路口打转。我送每一位夜归人回家，看他们走进一个又一个温暖的亮光。

多年后，我去看他，他还是那么俊朗清秀，满眼温柔。相框换上了喜庆的红色，书房贴满了可爱的娃娃。临走时我听见他轻轻地在身后叫了一声：

"叶枫。"

那个眉眼弯弯的女生俏皮地从厨房探出头来回答：

"干吗？"

每个姑娘都有自己的光芒

人不需要和别人比，只要和自己的昨天比就可以了。而且，每个人都有自己的光芒。

/01/

我现在才知道和蕾在一起有多压抑，每当我们走在校园里，从对面走来一群我根本不认识的人，蕾总能和他们搭上腔，聊得很投机的样子。而每次我都傻傻地站在边儿上，听着那些我根本不知道的名字和那些让他们笑得前俯后仰的笑话，木木地、毫无表情地看着蕾，觉得自己此刻是多余的。

蕾很美，长长的头发，一双瞳孔里散着女孩子的清香。

老实说，刚开始的时候，我并不觉得自己有多差，看着众人的目光每次都会毫无偏差地落在她身上，我只是笑着安慰自己说，那是因为蕾美，直到后来，渐渐地发现她的才气一点一点地透过眼眸在空气中四散开来。我惊异于她超人的记忆、敏捷的思维，甚至她甜美的笑容，我发现她嘴角的那抹轻盈竟可以开启整个世界。

于是，我开始自私地避开蕾，尽量不和蕾同时出现在校园里，以免给别人比较我们的机会，我害怕这种比较，对我而言，它残酷至极。

日子过得很快，在这段时间内，蕾出落得更美了，大老远就会有其他年级的人认出她，竞相转告说那就是中文系的才女。

而我的自卑，也是在那个时候达到了顶峰。自卑是因为太在乎自己，太害怕被伤害，却往往先将自己伤了。这也许是自卑无力摆脱的悖理。

当蕾的第十篇文章发表后，晚上，宿舍里闹着要给蕾开个庆功会。当舍长敲着我的床头让我给提点儿建议时，一滴泪水乘着夜幕夺眶而出，我翻了一个身，喃喃地说："我睡了。"

然而，那一夜，我是无眠的。

/02/

我固执地认为是蕾的光芒淹没了我。

第二天，一下课，看到每个人的床上都堆满了吃的。蕾跳着跑到我面前，举着一包我最爱吃的"旺旺仙贝"说："你最喜欢的，来旺一下。"看着她春花般的笑脸、毫不设防的轻松，我的心一下子沉到了谷底。这样的一个天使，她得天独厚的美，她的秀外慧中，我根本比不了。那一份孤高的自负和岌岌可危的自卑是多么缥缈和可笑。机械地接过她递来的情谊，我感到自己更压抑了。

终于有一天，校报上印上了我的名字，我怯生生却又无比珍惜地将这份报纸放在书柜上，没敢告诉舍友我无心的投寄竟然命中。因为身边有个蕾，她让我觉得自己根本无法去说，如果说了只会让自己显得更可悲。

第二天，我发现报纸不见了，更巧的是居然是毫不知情的蕾用完后扔掉的。刹那间，我只觉得这是一种讽刺，很痛的讽刺。我看着一脸茫然的蕾，眼泪像泉水一样涌出。整个宿舍的人都惊呆了，她们根本无法想象一张报纸与一场痛哭之间的关系。

当我仅有的一点自信被蕾在毫不知情的情况下碾碎后，我的书柜上放上了一张崭新的校报。蕾总是很小心、很客气地和我说上几句十分必要的话来证明我们的关系并没有坏到形同陌路。我依旧很漠然，虽然心里早就原谅了她的无心。

每当夜里，我看着窗外皎洁的月光，一份无可名状的悲哀悄然爬上心间，是我错了吗？我强烈的保护意识，还是可怜的自尊？夜更深了，蕾从上铺伸下头来，轻轻地问："睡了吗？"柔柔的声音让我的心一下子暖了起来。

"没有呢。"我坐起来，向后撤了一下，靠在了墙上。蕾下了床，坐在我身边，我一反常态地掀开被子，让蕾躺了进来。

"怎么还没睡？"我问道。

"你还在生我的气吗？"蕾小声说。我没有回答，今夜的月亮真圆哪，月光透过玻璃，轻柔地洒在屋里的每个角落。

"其实，不是因为那张报纸，我想，人不需要和别人比，只要和自己的昨天比就可以了。而且，每个人都有自己的光芒。"蕾的声音温柔得让我想哭。

我不记得蕾是什么时候走的，也不记得自己是几点睡着的。第二天，我发现自己醒得很早，而蕾还在睡梦中。我踩在凳子上，看着蕾孩子般的睡态，看着她的身体随着呼吸轻柔地起伏，一缕阳光洒在她的床上，渐渐地将她笼了起来。

新的一天又开始了。

我在你面前最孤独

　　妈妈，我越来越发现，我在你面前最孤独。你的爱是全天下最坚硬的铠甲，也是全天下最残酷的枷锁。你像世间许多的母亲一样，手上一直握着一把叫母爱和关心的剪刀，你把我修剪得精美优雅，也把我修剪得体无完肤。你剪去了我的朋友、我的错误、我的选择，并不能让我真正快乐，因为人生是用来体验的，我们哭过笑过、醉过痛过才知道自己想要的究竟是什么。

/01/

　　从小到大，我都是别人羡慕的对象。爸爸是师大的副校长，妈妈是师大的教授，我的家就住在师大校园里。从我懂事起，生命中所有的可能都与我无关。妈妈会告诉我在什么时间该做什么。自从考上师大，最害怕的事情就是走在校园里，猛地听见妈妈从不知道哪幢楼里喊我的名字。

大一的时候，我刻意隐瞒身份，坚持住校。虽然宿舍和家步行只有十分钟的距离，可我还是尝到了自由的滋味，更重要的是，我得到了全天候近距离观察和筛选好友的机会。从小到大，妈妈总是替我选择朋友，而她挑选的标准只有那么几条："期末测评，这个女孩排第几呀？""为什么她不是班干部哇？""她妈也是老师吗？"

现在我已经记不起那些年宿舍里时而猥琐时而腹黑的各类话题了，可舍友那些肆无忌惮的大笑还是久久萦绕在我的心头。

那些放肆的笑容一下子照亮了我心里的每一个角落，我学着她们的样子笑，学着她们气运丹田，笑到面部僵硬、肌肉抽筋，我仿佛在朦胧中看到了另一个自己，尽管此时她容颜依稀。

印象中，舍友小丽是最可爱的，地道的北京女孩，说话嗓门巨大，酷爱美食和贴面膜，却总将减肥挂在嘴边。记得有一次，9月刚开学，她就迫不及待地率领着我们一大帮子人去吃大排档，这是我人生中第一次吃路边摊。我一边看着她们大快朵颐地狼吞虎咽，一边回忆着妈妈苦口婆心地叮嘱食品安全，就这样犹犹豫豫、磨磨蹭蹭，不小心错过了宿舍关门的时间，只得和她们在马路上游荡了整整一夜。当太阳纵身越过地平线的那一刹那，我们高兴得又叫又跳，奔走相告。

我竟然夜不归宿了！我竟然夜不归宿了！整个晚上，这句话不断地撞击我的耳膜，振聋发聩，犹如神谕。

时间总是过得飞快，转眼到了大四。同宿舍的人都不约而同地选择了考研，天天挑灯夜读。那段时间，人人都行色匆匆，连说句话的时间都没有。每天晚上，只有我一个人早早地洗漱完毕，躺在空荡荡的宿舍里发呆。冰冷的楼道此刻是最热闹的，昏黄的灯泡下挤着大大小小的脑袋，一会儿争论，一会儿安静。

然而，这一切早已与我无关——我保研了，同时也被孤立了。

我能理解他们的气愤和无奈，尽管我的成绩优秀，可还是有嗅觉灵敏的人士察觉到了我和学校高层的关系。凡是我出现的地方，总充斥着关于"保研黑幕"一类的争论，人人面红耳赤、慷慨激昂。不知为什么，那段时间我的心情特别平静。我坚信以自己班级前几名的成绩得到保研资格问心无愧。

我常常幻想，多年后他们终于意识到自己的冲动与无知，内疚于对我进行的一切道德折磨和人身攻击，然后在一个明媚温暖的午后，纷纷走到我的面前，"度尽劫波兄弟在，相逢一笑泯恩仇"。

可惜，真相比他们的醒悟来得更早。

/02/

保研后的英语分班考试终于让我明白，那些看似无拘无束、自由翱翔的日子并不单纯，在我的身后总有一双眼睛、一双手，片刻不离，如影相随。

也许是许久没有看过英语，考试那天，我认真地填写了姓名后，发现题目并不顺手，心想只是个分班考试，所以连作文也没写完就交了卷子。三天后，系里公布了英语精英班的名单，上面赫然印着我的名字，看榜的那一刻，天崩地裂。我低着头，穿过熙攘的人群，眼前是一阵又一阵眩晕。原来错的是我，我一直如他们眼中一般丑恶，我所标榜的平等只不过是自欺欺人，我的周围充斥着各种虚假的目光，一闪一闪的，让我看不清方向。我突然想起了宿舍楼道里昏黄的灯泡下那些同样优秀的灵魂，在考研这条崎岖的道路上步履蹒跚，跌跌撞撞。她们是对的，我确实是个不折不扣的骗子。

我回到家，鼓足勇气要和父母理论。进门的时候，正赶上妈妈在准备晚饭。她身体的轮廓模糊地印在厨房门口的玻璃上，夕阳将她的影子拉得好长，厨房里刺刺啦啦地响个不停，不一会儿就飘出了熟悉的饭香。那一刻，我竟不知道如何开口了。妈妈，我突然发现，在你面前我最孤独。

我开始害怕上课，和谁都不敢多说话。我生怕被人一脚踩中了尾巴，神形俱灭。我突然意识到原来只有我站在舞台的中央，锃明瓦亮的白炽灯日夜照耀着我，台下的观众个个青面獠牙，表情狰狞，这其中还有我最尊敬的老师，他们心知肚明，却各怀鬼胎。

我在惶惶不可终日的状态下迎来了研究生院的新学期，也迎来了我的第一场风花雪月。有个学计算机的男孩子追求我，不知怎么的，被妈妈知道了，她径直跑到教秘那儿，轻易地查到人家的生辰八字、祖宗三代，回到家就翻开小本，一通高谈阔论。记忆里的妈妈好美，可此刻她五官扭曲，七窍生烟，挺着食指在空中气急败坏地横竖乱窜。她的小本里写满了那个男孩儿的材料，出身贵州农村，父母都是县城里没有医保的打工人员，他本人只在高二当过一年宣传委员，六级考了两次都没过，至今还没交过入党申请书。后面的话，我全然忘记，但我是真的恋爱了。

常去的地方是自习室和第八食堂，吃一块五的鸡蛋灌饼。我喜欢他的聪明，也喜欢他的木讷，这两者一点儿也不矛盾。人不见得是必须经历风雨才恍然大悟的，有人天生得到神的庇护，生长得既智慧又淳朴。

/03/

　　一个月后，妈妈还是找到了他，用教授的身份和他谈了话。那次谈话的内容我无从知晓，从那天起，我和他变成了两条落寞的平行线，从彼此的生命中滑落，渐行渐远。民间流传着关于这次谈话的各种版本，还一度冲到学校贴吧的前十，我是副校长女儿的身份随即也在研究生院广为流传，尽人皆知。

　　我清楚地知道我根本不用精心准备毕业论文，也不愁找不到工作。每天在父母睡熟后，我彻夜上网，享受着互联网上的轻松和放肆。慢慢地，我竟然敢偷偷地溜出家门，跑到学校外面的大街上，去那些白天都很少到过的地方游荡。午夜的风格外温柔。白天这座城市的噪音很重，震耳欲聋，有时我连自己的心跳都感觉不到。

　　毕业后，爸爸安排我在他师兄执掌的另一所大学里上班，轻松舒适。二十六岁那年，妈妈说我应该结婚了，于是就叫她们系主任的儿子来家里吃饭。听说那是个刚从美国回来的医学博士，我怕极了他的目光，仿佛剥皮拔肉一般犀利，似乎一眼就能望到你的神经末梢。妈妈看来十分满意，连爸爸也露出少有的笑容。

　　可是妈妈，我越来越发现，我在你面前最孤独。你的爱是全天下最坚硬的铠甲，也是全天下最残酷的枷锁。你像世间许多的母亲一样，手上一直握着一把叫母爱和关心的剪刀，你把我修剪得精美优雅，也把我修剪得体无完肤。你剪去了我的朋友、我的错误、我的选择，并不能让我真正快乐，因为人生是用来体验的，我们哭过笑过、醉过痛过才知道自己想要的究竟是什么。

　　我要的从来就不是完美，而是青春无悔。

爱情报警了

人这一辈子能遇到两千多万人，但成为朋友的也许只有几十个，而真正爱上的人不多，最后牵手一生的只有一人。时间、地点、情绪、境遇都有可能影响判断，成为谋杀我们爱情的凶手。于是这世间就有了很多词来表达这种遗憾，比如有缘无分，比如造化弄人。

/01/

认识唐杰的那天，是我这辈子最狼狈的时候。

倾盆大雨下了整整两天，雨雾和废墟上莫名的黑色烟雾笼罩了整座县城。远处残存着几幢支离破碎的高楼，像苟延残喘的怪兽诡异地蹲坐着，冷漠地目睹着发生的一切。两盏锃明瓦亮的应急灯突兀地挂在操场前的旗杆上。眼前的四层教学楼呈10度倾斜向两侧垮塌，两边的楼层变成了一堆碎石。

地震刚刚过去，又赶上了暴雨。学校里一片狼藉，惊恐的同学三不五时就会从宿舍楼手足无措地跑出来，冲进巨大的雨帘里。

我往返了两次，就决定先逃回姐姐家。学校距震中太近，能走的同学都走了。正在我准备收拾东西下楼的时候，巨大的响声从身后传来，整墙的书本哗啦啦地摔在地上。伴随着尖叫，我和舍友再一次冲下了楼梯。

这次说什么也不能再回去了。我一口气跑到马路上，一把抱住了停在路边的出租车。这才意识到原来书包和手机都落在了宿舍里。

"师傅，我没带钱，您能不能先拉我去成都东站，我姐姐家在那儿附近，到时候我让她付给你。"

出租车司机一边抽烟，一边瞥了我几眼，摇了摇头。

我不断地说好话。突然从旁边跑过来一个高高的男生，他举着雨伞站在了我身边。听着我和司机的对话，突然说："你没钱不要紧，我送你回家。"

他开了一辆很旧的桑塔纳，尾灯的一边还歪掉了。他见我犹犹豫豫的，连忙指了指胸前的相机，诚恳地说："我是报社的实习记者。"

我知道仅凭装备不能轻信别人。可即使狼狈如此，我还是能从他笃定的目光中读出真诚和善良。我相信直觉，又或者说，没有选择的我必须相信直觉。

我上了车，听着沉闷的发动机启动，感受着座位下面传递出的颤动。他认真地戴上眼镜，和我这个陌生人开始了一段陌生的旅程。

"你当几年记者了？"路上的气氛有些尴尬，我就率先打破了沉默。

"嗯，我刚到省日报社实习，昨天是第一天上班。"

车在滂沱大雨中缓慢前行，眼前是一片又一片的废墟，大量的横梁和预制板横七竖八地摞在一起，缝隙间夹杂着碎裂的砖块。穿着制服的救援队员深一脚浅一脚地在废墟上跋涉。

"那你叫什么名字呢？"我趁着前方红灯他换挡的时候轻轻地问。

"我叫唐杰，今年刚毕业，在××日报实习，碰巧听到你要打车，怕你路上再遇到麻烦。"最后那一句，声音极小，说完，他就不好意思地转过头去了。

离成都越近，情况越有好转。路边的房屋多是裂纹，雨也小了很多。在姐姐家楼下的报亭，我借到了一支笔和一小页废纸，郑重地管唐杰要了电话，一再表示自己会知恩图报，把车费还上。

他一脸不好意思，连连挥手说不要，自己真的只是想为别人做点儿事情。

"你还要回重灾区吗？"我看着他似乎要掉头，连忙问。

"当然了，这几天我都会在那边帮忙。那里比这边更需要支援。"唐杰一边说，一边发动了汽车。

"你……你一定要注意安全哪。要平安回来，我请你吃饭。"我不知怎么了，开始结巴起来。心里特别矛盾，又希望他去救助更多的灾民，又担心他遇到难以想象的危险。

目送他离去，我回到了姐姐家里，又和父母报了平安。开始那几天，我每天都给唐杰打电话，就是为了听见他的那声"喂"，好知道他平安。

可是后来，他的电话就打不通了。

/02/

那时候，电视上天天转播救灾现场。有天中午，我看新闻，上面播放一幢危楼上有些碎石开始滚落，然后救援人员赶紧往废墟下面跑。其中一个救援队员的位置比较深，余震时，他正在用切割机作业，巨大的噪音使他没有及时听到同伴的呼喊，等他感知到地震，冲出来的时候，被碎砖石绊住了，跌倒在废墟中。等其他人赶到的时候，他面部扭曲，躺在地上抽搐。经医务人员检查，他的左腿粉碎性骨折，因为疼痛发出了阵阵嘶吼。

那一刻我惊呆了，我的脑海里马上就浮现出了唐杰清俊的面庞，我赶紧冲到电话旁，开始给他打电话，可是手机一直忙音。晚饭后，姐姐特意过来问我，为什么最近都没什么胃口，是不是生病了。我一想到唐杰在救援现场生死未卜，我就难过得想哭。

怎么办？我一直处在担心和焦虑中，除了这个电话号码，我没有其他任何的信息。姐姐一直觉得我有点儿灾后心理失衡，还在到处找咨询师帮我调理疏通。

就这样浑浑噩噩地过了几天，在我几乎要绝望的时候，唐杰的电话终于拨通了。

"喂，是唐杰吗？"接通的那一刻，我激动得不知所措。

"是我，你是哪位？"他的声音有些疲惫，背景声音也很嘈杂。

"我是前几天搭你车回成都东站的那个女孩儿啊，你还记得我吗？"话一说出来，我就后悔了，要是他说不记得，我得多尴尬呀。

"记得记得。"唐杰忽然提高了音量。我听了，一阵窃喜。

"你有什么事情吗？"唐杰接着问。

"我……"是呀，我有什么事呀，这问题问得真尴尬，"我就是想请你吃个饭，表示一下感谢。"我满脸通红地回答着，心里一阵打鼓。

"不用不用，也不是什么大事。"唐杰马上就变成一副公事公办的样子，想挂电话。

"我是真心想请你吃饭的，你把我从危险里带了出来，我表达一下感谢怎么了，这也是我应该做的呀。"我不知道哪根筋不对了，越说越着急。

唐杰显然被我突然扬起的气场吓到了，他停了两秒说："好吧，在哪里？"

我那时觉得麦当劳是这个世界上最好最高档的餐厅了，于是我和他约在了姐姐家附近的麦当劳里。

那天我穿戴整齐，还偷偷喷了姐姐柜子里的香水，一脸憧憬地在餐厅门口等唐杰。没过多久，我就看见了他那辆残破的桑塔纳喷着黑烟从对面开过来。我冲着他不住地挥手，怎么也无法掩饰自己的兴奋和激动。

近了，更近了。

我看着他停好车，从驾驶位子上跑下来。眉眼依旧清秀俊朗，只是黑瘦了一些，嘴角还泛着青色的胡楂儿。

"你好。"显然，唐杰的语气里含着一丝尴尬的客套。

"好久不见。"我满脸通红，竟也不知道怎么来开场，只好说，"我们进去吧。"

老实说，这家麦当劳虽然离姐姐家不远，但我一直不敢进来。那时，麦当劳还是个新鲜事物，没什么人吃过。

我带着唐杰推开玻璃大门，大步流星地往前走。明亮宽敞的大堂，整齐划一的桌椅，还有穿着制服一脸微笑的店员，一切的一切都是那么完美。我攥着姐姐给我的钱，暗想一定要请他吃一顿丰盛的大餐，再聊上整整一个下午。我好想知道他每天都会做什么，喜欢什么，有没有女朋友。一想到这儿，我的心就跳得厉害。

"您想吃点儿什么？"店员的询问一下把我拉回了现实。我给唐杰买了一份最豪华的套餐，然后算了算余额，还好，还可以再买两个冰激凌。我转了转身子，用余光扫了扫座位。坐在落地窗前当然舒服，但一会有点儿晒，还经常被来来往往的路人注视。沙发座不错，就是离厕所有点儿近，会影响食欲。

我正在暗地盘算下一步方案，忽然听见唐杰说："麻烦您，一份打包。"

我一下子愣在了那里。唐杰满脸愧疚地说："实在抱歉，社里有事情，我只有半个小时的时间赶回去，实在不能和你一起吃了。谢谢你，改天我请你，行吗？"

唐杰的话滴水不漏，工作需要是个无法反驳的理由，接受了我的报恩却不给我进一步了解的机会，还把日后的主动权牢牢掌握在自己的手里，礼貌周到得让我没办法拒绝。

/03/

当然，这些分析都是事后姐姐告诉我的。她很生气我一直瞒着她偷偷喜欢别人，所以在我失魂落魄、神志不清的那个下午，她终于撬开了我的嘴，知道了我为什么总在家狂拨电话的原因。于是，她从一个成年人的角度帮我解读了唐杰的言行，然后得出了最后的结论——人家是在说NO。

那段时间，我过得浑浑噩噩。偶尔也会盯着电视新闻看，期待从那个台里冒出唐杰矫健的身影，可是又很怕因此再想起那个下午而心痛。6月，学校提前放了暑假，我又回到了姐姐家，开始在她的租书店里帮忙。

那段时间的生意特别不好，一整天也进不来一个人。天气渐渐热起来，姐姐琢磨着把店盘出去或者重新装修，改成棋牌室。为这件事，一直和姐夫吵个不停。

那天又是大雨滂沱，又是我一个人看店。门口的下水道堵塞，雨水顺着地缝涌进了书店，我一边摆弄着新买的手机，一边清理店门口的积水，忽然不小心滑倒，攥着手机一屁股坐在了雨水里，气得号啕大哭。

屏幕立马就花了，也不知道里面有没有进水。我顾不得自己一身的泥水，疯一样地往巷口的手机店跑。刚出门，就撞上了一个高高的男子，我定睛一看，竟然是唐杰！

我不知道是不是老天爷在耍我，每一次遇见他都是我特别狼狈、特别无助的时候。在他诧异的目光中，我顾不得解释，深一脚浅一脚地往巷口跑。进了店，才发现唐杰一直跟在后面。

老板说，手机要等两周左右才能修好，我这才看见腰上和腿上的泥水还在往下滴。老板嫌弃地吼小工来清理，我和唐杰也灰溜溜地离开了。雨还在下，但比刚才小了很多。唐杰默不作声地跟在我身边，一直把我送回了租书店。

他走的时候，问了我的手机号码。

可我很担心他只是礼节性地记下了。所以取回手机的第一件事，我就给他发信息，提醒他存下我的联系方式。很快，他就回复我：手机修好了？

我开心地打了一连串的"嗯嗯嗯"。

终于，我们的沟通无阻碍了。

/04/

后来，我们几乎每天都打电话、发短信，成了无话不谈的好朋友。有一次，聊到我们第一次见面，唐杰说当时看着我站在出租车前浑身湿透，冻得瑟瑟发抖，一个劲儿地求司机送我回家，他心里特别难受，也特别害怕。

因为那天他根本没有采访任务，他背着学校和父母偷偷进到了重灾区，见到到处散落着衣物、锅碗和书本，满眼都是张牙舞爪的钢筋碎石和横七竖八的警戒线。每一处废墟都飘荡着惨烈的嘶吼和恸哭。灾情如汹涌的潮水一下子把唐杰打蒙。

他内心挣扎着要做些什么，必须做些什么。正好他发现了惊慌失措的我，他告诉自己一定要把我安全地从危险中解救出去，这不仅是帮助我，也是救赎他自己。

我听着他讲述后来遇见的那些逝去的生命和残破的家庭，陪着他感慨、反思，也陪着他默默地流眼泪。那段时光，我们就像是昏暗中航行的两艘小船，用微弱的光呼应着彼此的情感，你支撑着我，我也支撑着你。

有时候，我会故意开一些过分的玩笑，问他有没有喜欢的人，或者是不是已经交了女朋友。唐杰总是一副心事重重的样子，他说其实每个人的身体里都装着一个预警按钮，如果遇到喜欢的人，他的情绪、精神、肢体都会出现反常，这就是报警。

报警？那是一种什么感觉呀？我从来没听人这么形容过爱情，可是我很想告诉你——唐杰，我的爱很简单也很直接，我喜欢你，喜欢你的仗义相助，也喜欢你的博览群书，喜欢你忽然扬起的笑脸，也喜欢你偶尔沉下的眼眸。这些所有所有的喜欢已经压得我喘不上气来，我该不该告诉你，又怎么告诉你呢？

那天晚上，我想了很久，终于在午夜时分给他发了一条短信，只有四个字：我喜欢你。

很久，唐杰才回了一句：我很快就出国了。明天中午12点，在你家门口那家麦当劳见。

我整夜都没有睡好，反反复复地想着他曾经说过的话，努力地从中咀嚼出一些爱意，然后告诉自己我痛，其实他也痛。可我的心像破了一个洞，不停地抽搐。我甚至埋怨老天爷，为什么要让我遇到一个注定不能在一起的人呢？如果没有结果，为什么要让我们相识？

我如期赴约，终于和他坐在了落地窗前面的座位上聊天。这曾经是我梦寐以求的场景，却在这种悲伤的气氛下得偿所愿。唐杰第一次和我聊到了他的家庭，因历史问题郁郁不得志的父亲、严厉、暴躁却不幸的母亲，还有几代人替他设计的不容有失的人生规划。他说他的人生有很多不能背弃的责任和包袱，他的路会走得异常艰辛，而我只是一个天真懵懂的小女孩，我们注定只能在平坦宽阔的大路上同行一阵子。

我不能理解他的语言，但我读得懂他笃定的眼神。我一个人慢慢地走回了家，从下午一直睡到了凌晨。醒来的时候，残月当空，四周异常安静。我坐在清冷的月光里发呆，让身体渐渐苏醒。摸出手机一看，里面竟然有二十多条短信，都是唐杰发来的。

他说：人这一辈子能遇到两千多万人，但成为朋友的也许只有几十个，而真正爱上的人不多，最后牵手一生的只有一人。时间、地点、情绪、境遇都有可能影响判断，成为谋杀我们爱情的凶手。于是这世间就有了很多词来表达这种遗憾，比如有缘无分，比如造化弄人。

我还没看完，眼前就模糊了，大滴大滴的眼泪落在手机上。

对于我而言，所有不能在一起的理由都叫借口。我不想听，也听不进去。

我把那些短信都删了，把手机也关机了。我知道自己的二十二岁，注定要为爱掉眼泪。

/05/

第二天一大早，姐姐就惊恐地冲进我的屋子，把我从睡梦中叫醒。她说早上买菜出门的时候，楼门口站着一个男孩儿，样子很像我提到过的唐杰。

我一下子从床上弹起来，跳到窗户前，冲楼下看。果然，斑驳的树影下站着一脸焦急的唐杰，他攥着手机，正手足无措地原地转圈。我顾不得洗漱，穿着睡衣就跑到了楼下。

　　四目相对的时候，我听见耳畔咚咚咚的心跳，我也看见了他眼中的炽热和深情。我们就这样拥抱在夏天的微风里，脸贴着脸，心靠着心，让所有的语言都显得苍白无力。

　　许久之后，我轻声地问他："你怎么来了？"

　　他红着脸，结结巴巴地说："原来舍不得就是爱情出现的第一个信号。当我打不通你的电话，接不到你的回复，无法判断未来的日子里还能不能见到你的时候，我的内心、我的情绪，甚至我的身体都在发出疼的信号。爱情真的报警了。"

爱淡了，不怕，别轻易丢下

婚姻是一座围城，城外的人想进去，城里的人想出来。爱平淡了不要紧，别轻易丢下它。

/01/

不知从什么时候开始，这个世界流行调戏男生。

比如在来律所实习的这批毕业生里，小优最喜欢和子豪闹。因为他高瘦白净，平日里斯斯文文的，无论你讲什么他都是一脸呆萌地傻笑。

小优一眼就知道这是她的菜，于是跑来向我求救："怎么办，我好喜欢他呀。"

"喜欢就去追了。他只是我的助理，又不是我儿子，我可管不了。"我埋在文件堆里，一副事不关己高高挂起的姿态。

"可你是我姐的闺密呀。你必须帮我。"小优一副伤势惨重的样子，"我快要窒息了。你看，子豪过来了，他过来了。"

"你给我滚回去工作，否则下个月别来上班了。"我挠着头，气急败坏地下了逐客令。

小优是我闺密的亲妹妹，文秘专业，今年大学毕业，正好律所招前台，我就拉她过来面试。没想到人事那边对她还挺满意，尤其是性格测试环节，她逆商的得分创了公司历史新高。就这样，小优被阴错阳差地留了下来。

晚上，我叫子豪加了一会儿班，小优便在外面磨磨唧唧地假装很忙，全公司人都快走光了，她居然开始整理什么快递单子。我晓得她这套女孩儿家的小把戏，苦笑着摇了摇头。年轻真好，可以心无旁骛地爱和追逐，像刚刚学步的小动物，兴冲冲地跑向森林深处。等到了我这个年纪，孔雀爱羽，嘴巴又毒，对于曲径通幽，怕是看上一眼，便会虚晃一枪逃走。

架不住小优在门外鬼哭狼嚎，我在无奈中放了子豪回家。他刚出办公室，我就听见小优那贾玲般的粗嗓门瞬间切换成了的林志玲般温柔的嗲音："你为什么不加我微信哪？

你是不是不好意思？别拒人于千里之外呀。"隔着玻璃都能看见子豪那张手足无措的尴尬脸。小优像一只长耳兔一样，仰着头崇拜爱慕，肆无忌惮地放着电，紧跟在子豪后面。屋外终于安静了。我开了门，才发现把手上粘着小优留下的字条："别太晚了呀，姐。早点回家陪姐夫。"

是呀，我这才意识到好像很久没和老公一起吃饭了。我打开手机，想问他晚上有什么安排。屏幕亮起的刹那，看见他刚发来的短信：开会。

结婚十年以上的夫妻，大概不会再打什么称呼、落款、前缀、昵称，所有的交流直截了当，简单粗暴。哪儿，家，开会，饭局——打开手机，来往的都是这些瘦巴巴的交代，如同干瘪的爱情，仿佛被事业、婚姻和子女频繁消费提现，快要刷爆停卡了。

想到这儿，我觉得是不是老公变了。两鬓泛起了白发，身姿也不再挺拔。可再一想，谁没变呢，自己不是也很久没和他坐下来好好说说话了吗？每次他挤出时间来想要去看场电影，我都觉得还不如窝在床上上网。突然，手机响了一下，我紧张地打开一看，又失望地闭上了双眼。是小优的消息，隔着屏幕仿佛都听见了她欣喜的尖叫："他加我微信了！"

好想再分泌些多巴胺和内啡肽呀，看到小优就这样不明就里地一头栽进了粉红色的少女梦里，忽然觉得爱情中的"小确幸"清澈透明得像早晨摇曳在枝头的露珠，美不胜收。

可是没多久，小优就乐不起来了。实习期只是一个月，能留下的人并不多。子豪各方面都很优秀，在同批人里遥遥领先。小优总是有意无意地试探，问我有没有人事那边的小道消息。

我却总是答非所问："你真的希望他留下来吗？在一起的代价就是如果他正式入职，你就得走。"

小优顿了两秒，忧虑地说："可是我还没有睡到他。"

天哪，她居然一点儿也不担心我豁出老脸好不容易给她推荐的工作。

/02/

接下来是好几天高强度的加班，小优总是在子豪周围鞍前马后。不过子豪帮我做事，小优帮他也就是帮我自己，所以我也就睁一只眼闭一只眼地过去了。我看见小优细心地帮子豪整理出差的资料，分门别类，一丝不苟。想起她从小娇生惯养的样子，如今头发一扎，撸起袖子，坐在办公室的地上毫无形象地翻东找西，忽然觉得爱情好特别好伟大。

一到吃饭的时候，小优就赶紧跑下楼亲自去买子豪爱吃的招牌牛肉饭，不加洋葱。然后欢天喜地地拎上来，贴上张纸，写着"爱心便当"，然后一把推到子豪面前，像一只青海高原上的雪豹，急着在领地的岩石上东蹭西蹭，宣明立场。一开始子豪坚决不要，但后来时间紧迫，常常也顾不得许多。小优攻坚战的第一个回合可算是有些成果。

于是，小优的胆子越来越大。

早上，她特意坐两站地的公交车到子豪家门口，装偶遇和他一起上班。

也开始帮他清扫工位，整理抽屉。

子豪不在的时候，签收快递和拆包验货也被小优大包大揽。

我看着小优势如破竹，攻城略地，心里真是说不出的感慨。现在这个社会，女生早就不用"羞答答的玫瑰静悄悄地开"了。我们的爱就应该像暮春漫山遍野的花海，等不及微风便暗香汹涌。

这几天，我发现老公加班的时间越来越晚了。他总是一身疲惫地摊在沙发上，偶尔被我的唠叨骚扰，紧皱着眉头挪到书房。我们夫妻俩很少聊公司的近况，但透过老公愈深的眼窝，我能体会他的辛苦和隐忍，可是每次问他，他都是摇着头说不用担心，他能处理好。

我和老公的爱情是所有人都向往的从校服到婚纱，二十四岁那年，我们撑过了鼎鼎大名的七年之痒，如期走进了婚姻的殿堂。天长日久积累的不仅是习惯和爱，还有钝感和平淡。越熟悉对方就越习惯对方，而越习惯彼此也就越无视彼此。对于偶尔的小情绪和小抗议，我们太清楚怎么迂回和处理，每一条感情的回路都那么清晰省力，按图索骥，想来这就是婚姻带给这代人最大的难题了吧。

因为不用再费力讨好彼此了，所以转过身去，我把更多的心思投给了工作和自我建设。于是你再也不用绕道去买我最爱吃的抹茶蛋糕，我也记不住你侄女的生日是15号还是18号，我们都明白，维系爱情的不是那些心血来潮，我们说服自己浓烈的激情来去匆匆，想走一生，还是不要让爱太早地透支。

可是感情有时就像山体滑坡，一旦崩塌，灾害就会几何倍地扩张放大。我们在日夜的对视中模糊了彼此，默认感情的日益淡化。因为我觉得，和中国千百万个家庭一样，支撑这座大厦的是道德和责任，是坚守和固化。

可千万别忘了一点，那就是当爱不在了，家就成了一座无人照料的空巢，如果外人来袭，谁能第一时间察觉，谁又能及时抵御和反抗？

/03/

我第一次见盛南是在办公室，当时老大领着一个人进来，我还没抬头，就听见他用富有磁性的声音对我说："这是你的新搭档。"我知道老友移民后，总是要有新人进驻的，只是没想到这个新人这么小。

他看上去也就二十岁出头，但眼神不再清澈，带着一种健康的狡黠。他礼貌地伸出手，优雅沉稳地点头表示友好。除了腮边泛青的胡楂儿，没什么其他透露年龄的线索。

也许是我的打量有些过度了，略显失礼，事后我主动加了盛南的微信，头像是他在南澳的滑水照。碧海蓝天下是他黝亮的小麦肤色，健硕的好身材一览无余。看不出，他还是个玩家。

几次工作上的接触，让我对盛南的印象越来越好奇，这小伙子出奇沉稳，呈现出与年龄不符的老练，看得出是经过大风大浪的人。如果非要说出个缺点，那就是女人缘太好，半个律所的小姑娘都围着他转。

一天加班到深夜，我和盛南忙完了手上的案子，终于能起身舒活一下筋骨。这才发现，四下早就漆黑一片。我俩叹着气，喝干了杯中的咖啡，准备关灯回家。盛南突然扭过脸问我："要不要去'天堂'喝一杯？"

"天堂？"我一脸茫然。

盛南不可思议地看着我问："你该不会连'天堂'都不知道吧？我刚回国不久都知道。'天堂'是这里最有名的酒吧。你是不是应该尽一下地主之谊？去喝一杯，就回家。"

他这么一说，我隐约有了些印象，好像以前和老公去过。看着盛南一脸期待的样子，我只好强打精神同意了。

即使是接近午夜，酒吧里依旧灯火通明，人声鼎沸。盛南看我就选了一个苏打水，非常生气，推着我来到了冰柜前，吵着让我必须吹一瓶。我看着眼前花花绿绿各式各样的小瓶子和盛南故意卖萌的小眼神，真是又好笑又好气。

那次之后，盛南总爱围着我讲笑话，时不时发来几张自己的"囧"照，逗得我开怀大笑。小优似乎看出了什么，一边和子豪快马加鞭地谈恋爱，一边总找碴儿说盛南不检点的坏话，含沙射影地提醒我多陪陪老公。说实话，盛南确实优秀，他像热辣的夏日，能带给人浓烈的生命体验。可是越热情的东西就越危险，我早就不是二十来岁的小姑娘，怎么会不知道这些？

没过多久，盛南就开始步步试探。

有意无意地说些暧昧的话，出差回来送些颇有深意的小礼物，故意透露自己远在美国的未婚妻，暗示自己开放自由的婚恋理念。盛南认为，他或者如他这样的人，只要一出现，我那早就松散的婚姻就即将灰飞烟灭。

还没有容我静下心来考虑盛南的居心，就有人冲到公司把他揍了一顿。那天我不舒服，提早回了家，还没进家门，小优的夺命连环call就找上门来。我以为是明天的提案出了差错，吓得赶紧掏出手机。刚要回复，就看小优发来了一段又一段视频，还配了好多尖酸刻薄的表情包。

点开那些视频，竟然是我们长期合作的一个女客户的老公，一边打一边骂，直指盛南挑逗自己老婆，还截了图发给公司的每个领导，证据确凿。盛南在人群中央，狼狈地捂着鼻子，血一滴滴地从指缝里渗出，清俊的脸上写满了尴尬。

小优的最后一条微信写着："婚姻是一座围城，城外的人想进去，城里的人想出来。爱平淡了不要紧，别轻易丢下它。"

忽然想起徐志摩写的一段话："走着走着，就散了，回忆也淡了。看着看着，就累了，星光也暗了。听着听着，就醒了，开始埋怨了。回头发现，你不见了，突然我乱了。"

相见不如怀念

　　多年后再想起那些没来由的迷茫和执着，也许我
们都忍不住会心一笑。人生就是一辆开往终点的列
车，没什么人都自始至终地陪我们走完全程，当那
些挚爱与你挥手惜别，即使再不舍得，也要笑着说
声再见。

临走的时候我说："小安，你可不可以答应我一件事？"
你流着眼泪点头。
我说："这辈子，我们可不可以再也不见？"

/01/

算命的说我十八岁那年会行大运，诸事平顺。我妈激动得当场掏了两百块钱，塞进了道士的口袋。结果我的高考成绩并不理想，正在大家齐聚我家，声讨封建迷信祸国殃民的时候，我意外地接到了补录通知，调剂我进了很不错的A大学。老妈喜极而泣，一边抹眼泪，一边要回去再给道观送一面锦旗。

考进来才知道，这里虽然算不上国内的顶级大学，但会聚的也都是各地的高手。北京生源本来就因为录取分数线低于其余省市而备受诟病，只有小安除外，我们背地里管他叫首都之光。

他瘦瘦高高的，有些木讷，但各科成绩非常好。这个在一开始并没有显现，因为大学很多课都在阶梯教室里上，乌泱泱一百多人。老师又很少叫人回答问题。直到大一他就过了英语四六级，大二又过了德语六级，日常爱好是研究机器人和生物制药，我们才意识到这个人好像真的和别人不太一样。

他常年背着一个帆布书包，作息规律得能精确到秒。早饭一定是6点半准时到位，吃的是学五食堂的三两牛肉包子，外加一碗豆腐脑。吃完后会到二楼的自习室学一个小时的外语，如果八点有课，就背着书包上课去，如果没有，就去图书馆看书。晚自习的时间从6点半持续到10点自习室关门，连座位都是固定的，风雨无阻，持之以恒。

本来他是个目中无人的高冷宅男，上大学的前两年，我和他从来没说过话，即便是校园里碰到，知道是一个班的，也几乎没有眼神交流。直到大二下半学期系里举办了几次征文大赛，我那还算不错的文笔终于有了用武之地，一举拿下了小说组一等奖和散文组二等奖，还开始在杂志和报纸上发表作品。红红的布告栏上写着我的大名，还贴着我满嘴牙套的证件照，足足挂了半个学期。

有一天早晨，我睡眼惺忪地去吃饭，一手拎着水壶，一手捧着饭盒，一路哈欠连天。拐弯的时候，不小心撞上了什么东西，等我缓过神来，才看见是我没看到地面不平，一脚崴到坑里，在摔到地面的前一秒，被一双大手稳稳地搀住。

我转过身道谢，一抬眼才发现是小安。

"谢谢呀。"我腾出一只手，下意识地想捋捋自己丝般顺滑的长发，才发现出门的时候根本忘了梳头。

"你的脚没事吧？要不要走两步。"小安认真地看着我。我才发现，他说起话来没那么呆板冷酷，眼里还是有温柔的光在流动。我摇了摇头，说没事，然后一瘸一拐地向水房走去。

过了几秒，身后传来沉沉的跑步声。小安追上来，二话不说接过水壶，抢先一步进屋去打水了。剩下我目瞪口呆地站在原地，好半天才缓过神来。小安拎着水壶从热气氤氲的水房钻出来，然后问我，是搁在这里还是带去食堂，那语气就像是一个认识多年的老朋友。

"吃饭去吗？"他放好水壶问我。

"啊？哦，嗯。"我紧张得语无伦次，他这是要和我一起吃早饭吗？一想到这儿，我的脸忽然烫起来，心怦怦地跳个不停。

其实，只是两个人端着盘子交叉对坐在一张桌子上，各吃各的。"你的文章写得不错。"小安咽下了最后一口包子，背上书包，起身告辞了。

"嗯，谢谢呀。你的英语、德语，各门成绩都很好哇。"我结结巴巴地回礼。小安谦虚地摸了摸头，快步走远了。我看着他清瘦挺拔的背影，心里有种说不出的激动。

这事过后，我们再见面，总会聊上两句。宿舍的姑娘都打趣说我靠苦肉计成功打入敌人内部。我也只好尴尬地笑笑。哪有什么苦肉计，不过是自己平时稀里糊涂，至于敌人内部就更是无稽之谈了，好像除了见面打声招呼，说些无关痛痒的客套话，也不比别人熟多少。

快放假的时候，系里组织社会实践活动，让大家挑选问题自由分组调查。我看完密密麻麻的两大页问题，从中勉为其难地选了一个有关市场票房的答卷。后来才发现，全班只有我和小安选的一样。中午的时候，他在食堂里看见了我，拎着帆布包快步跑了过来，当着我们宿舍所有姑娘的面，一本正经地掏出本子，撕下一张纸递给我，上面分门别类地写着他的手机、微信、QQ号码、电子邮箱，认真地说："周六上午10点，咱们在你家附近的星美电影院见。回去你先加一下我的微信吧。"然后就转身走了。

舍友拿着这张纸，指着小安的背影说："这不就是明目张胆的约会吗？"

"什么呀，我们俩一个课题。"我红着脸，一把抢过那张纸，偷偷地塞进书包里。

周五一放学，我破天荒地提前回家，偷偷把家里所有的衣服都试了一遍，都觉得不好看。我对着镜子认真地看，我觉得自己的眼睛太小了，鼻子好塌，肤色也不够白，仔细看，好像嘴还有点歪。我惊慌失措地打电话问舍友，有没有觉得我的脸不对称，她认真地问我："你是不是喜欢上小安了？"

我在电话里愣了好久。

"我喜欢上小安了，我真的喜欢上小安了吗？"我反复地问自己，却无法给自己一个答案。

周六的早晨，我洗了三遍头，梳理得丝滑柔顺，穿上了压箱底的连衣裙，提前半个小时就跑到电影院门口翘首期盼，没想到小安已经到了。他还是背着那个旧帆布包，在临街的橱窗前溜溜达达，左顾右盼。一身休闲装，看不出与往日有什么区别。我越走近他，心就跳得越快，脸也不自觉地发烫起来。

小安突然回过头看见了我，上下打量了我一番。我们就这样四目相对了几秒，就连忙慌乱地移开了目光。他有些狼狈地递给我一沓纸就闷声往前走。

我紧紧地跟在他身后，风吹起他的发，还有他身上好闻的肥皂香。在人群中，我们像两个犯了错的小朋友，各自怀揣着满满的心事，说着言不由衷的话。

调查一开始并不顺利，尽管小安联系了影院的值班经理，出示了自己的学生证和调研报告，还留了问卷备案，但真正操作起来并不顺利。顾客非常不配合，我性格本来就放不开，连续被拒绝了几次，就红着脸再也张不开口了。

小安比我的情况要好得多，他发现很难短时间得到同胞的信任，便掉转枪口，专攻外国游客。他的英语和德语都很好，连续几拨老外都饶有兴趣地配合他填完了试卷。小安瞥见我尴尬地站在原地，立马歉意地跑过来，拉我过去。

外国小伙子看见我们俩，一脸坏笑，拍着大腿小声问他是不是在追我。

我低着头，装作捋头发，一副听不懂的样子。然后，小安附在他耳边小声回答："Yes。""天哪，他说Yes，他居然说Yes！"我在心里反复默念这句话，心也仿佛漏跳了整整一拍，脸红得一直烧到了耳朵根。胡思乱想，不知道该怎

　　么回复小安的表白。结果一抬眼，他跟没事人一样，又拉着一位老大妈聊了起来。

　　五十份问卷我们整整做了三个多小时，我做了六份，小安做了四十四份。下午两点了，我们才捂着饿得咕咕叫的肚子收拾东西去吃饭。我一直想找机会问他为什么要在外国人面前承认在追求我，或者只是为了拉近距离、完成任务？我的心七上八下的，不知怎么开口。一顿快餐我们俩吃得别别扭扭。结账的时候，我赌气地抢过账单要付钱，小安急得一把拉过我的手，紧紧地攥住。

　　那一刻，我真的觉得时间是静止的了。这个世界上最幸福的事应该就是这样吧，被喜欢的人牵着手，感觉他掌心的温度。我终于能明目张胆地欣赏小安清俊的面庞了，我终于能回应他眼神中流转的温暖了，我真的不敢相信，这个紧张得手心微潮的男孩就是教学楼里高冷呆板的学霸和木讷寡言的宅男。

　　小安稳稳地拉着我，一路走回了家，我们时而害羞地对视，时而嘻嘻地傻笑，就是不能好好地、完整地说上一句话。快到我家路口的时候，他停下来红着脸问我："还能不能再往前？"

　　我说："就到这里吧。"我很想问他为什么是我，为什么那么优秀的他会喜欢笨笨的我，我的微积分刚刚及格，考逻辑的时候因为发高烧还挂了科。长得也是马马虎虎，最要命的是个头儿好像也不合格。想到这儿，我的眼神也变得忧郁起来，我抬起头，心事重重地看着他。他仿佛能读懂我一般，摸着我的额头说："傻瓜，我们是不会分开的。"

这是那个漫天红霞的黄昏，小安对我说的最后一句话。

/02/

我们就这样无忧无虑地相爱了。就在大四上半学期，小安受邀去洛杉矶参加世界机器人大赛，这一次是团体作战，还有来自其他高校的专业选手。得知他们获得冠军的那一刻，我特别激动，暗下决心，一定要手捧鲜花跑到机场去接小安。

结果在头一天的时候被他三令五申地拒绝了，因为他父母也要去接他，还定好了接风宴为他洗尘。

可是我十来天没有见到小安了，心里总是七上八下的。那天，我早早起床，还是没忍住跑到了机场。我戴着大口罩躲在人群里四处张望，能偷偷看小安一眼也好。想到他阳光俊朗的笑脸，我一阵脸红心跳。

飞机平安降落，我悬着的心也踏实下来。人开始慢慢变多。我看到各学校有校务人员手捧鲜花和标语迎接凯旋的英雄。不知道这次回来小安有没有变瘦，或者晒黑，肯定又要抱怨国外的伙食不好。

忽然，有家人突然跑上前去挥手，原来是第一批参赛的学生出关了。我陷在人群里被撞得眼冒金星，忽然从缝隙中看到了我日思夜想的小安，他从容地推着行李车向人群中张望。我好想让他看见我，想看到他眼中的惊喜和思念，可是先迎上去的是他的妈妈。小安张开手臂，圈出了一个大大的拥抱。忽然，他的身后窜出一个打扮时髦的小女生，一下子从臂下钻进了小安的怀里。

我的心一揪，气得差点儿叫出声来。小安和他妈妈也吃了一惊。不过小女孩顽皮地鞠了一躬，吐吐舌头，潇洒地跑远了。

小安望着她蹦蹦跳跳的背影，嘴角翘起了一丝不易察觉的弧度。我看着他疲惫又亲热地和家人打着招呼，心沉到了谷底。

我一个人默默地走出航站楼，深秋的风卷着脚边的落叶，凌乱地打着圈。没多久，小安的微信进来了。

"亲爱的，我已经落地了。先和爸妈回家了，晚上聊。"

"好的……"

我关上了手机，也许带着一丝怨气，但更多的是想暂时关闭自己。

那个晚上，我失眠了。"小女孩为什么敢这么放肆？会不会他们在美国的时候已经很熟了？小安回望她的身影是不是表示他已经动了心？"整夜胡思乱想，我到了凌晨才睡下。

昏昏沉沉地醒来已经是中午了。我喊了几声爸妈，屋里静悄悄的。等到我翻身下床，打开手机才发现满满一屏幕的信息。

"傻瓜，你怎么关机了？"

"你不舒服了吗？"

"我好想你。"

"那好吧，你休息吧。"

看着看着，我的眼泪不自觉地落了下来。

/03/

再见面的时候，正好是周一的大课。我和宿舍里的姐妹坐在一起百无聊赖地等着那个奇葩的逻辑老师。突然，小安带着一个古灵精怪的小女生走了进来，我一眼认出就是机场的那个女生。虽然我坐在教室的最后，听不见他们的对话，但看小安挥舞的手势大概是在介绍校园和课程安排。

舍友凑过来问我："什么情况？"

我装作满不在乎地说："哦，没事，就是一个学妹。"可是我的心隐隐地痛起来，喉咙也哽得生疼。那个女生眼里的爱恋攻城略地，明目张胆。她根本不知道我的存在吗？还是她根本不在意我的存在？

年轻的爱最无韧性，缺少时过境迁的圆融，也没有善解人意的包容。只管在围追堵截中闷头猛跑，以为拼尽全力去争取就能执子之手，与子偕老。

因为那个女生的存在，我像上紧了发条的木偶，不由自主地在小安面前狂舞。从不翻手机的我开始检查小安的微信、邮件，原本知书达理的我开始胡思乱想、胡搅蛮缠。我发现一个陌生的号码曾经给小安发了一条信息："我喜欢你。"我盘问了好久，小安始终说不认识，不知道。

可我的疑心因为这条短信开始肆无忌惮地野蛮生长。有一次他和朋友聚会，很晚还没有回宿舍报平安。我的脑子不知怎么了，全是小安拉着小女孩的场景，我一遍又一遍地打电话，可是小安那边杳无消息。

我不知哪里来的勇气，一头扎进了漆黑的夜幕里，连滚带爬地跑到他们常去的KTV，一推门，大家正在里面唱得开心。见我来势汹汹地冲进来，都明白我来查岗，瞬间寂静一片。小安的脸一阵红一阵白，好久都没和我再说话。

那次之后，我知道我注定离小安越来越远了。敏感多思的我没能熬过自卑和多疑的折磨，每次见面都是吵架，沉默，和好，再吵架。我心理的天平已经失衡，除了破罐破摔，我不知道还有什么方法能快速消磨他对我残留的爱。

我们吵吵停停，疲惫不堪。小安一直在安慰我，陪着我调适心情。后来因为小安的小姨在澳洲，我们约定一起考雅思去莫纳什大学留学，让生活重新开始。

我俩像以往一样，又经常约在自习室背单词刷考题，有时利用吃饭的时间讲讲对未来的期望。小安谈了很多事业上的规划，也提到要努力挣钱，给我买一座前后都有院子的大房子，生几个聪明伶俐的孩子，一定像他一样出类拔萃。还养一只忠心耿耿的猎狗，一定教会它拿拖鞋和取报纸。看他说得高兴了，我也心事重重地跟着笑笑。

小安的英语很好，可我就差得很多，我听说到新疆考雅思出的分数会高一些，就和小安商定他留在北京冲高分，我去新疆考。

那天，我执意没让他送我，在偌大的机场，我一个人坐了好久。想想这一路，我拼尽全力要跟上小安的脚步，容不得自己的步伐有一丝凌乱和落后，我以为只要有一天我和小安势均力敌，我们的爱情就会万无一失，再无嫌隙。可国外的生活我能适应吗？越来越耀眼的小安能始终不忘初心吗？换个环境，就不会有另一个女孩再出现吗？这样提心吊胆的日子，也许我还要过很多年。

那天雅思出成绩，小安在宿舍楼下喊了我很久，我都不敢下去，舍友骗宿管老师说小安要上来修电脑，小安才第一次来到我的宿舍。他背着那个老掉牙的帆布包，像我们第一次见面一样细细地打量着我，然后问我："为什么没去考雅思？"

是的，我没有上飞机。我做了爱情的逃兵。

我流着眼泪，让小安看了我的桌子和床铺，墙上贴满了学习进度表，每一项我都硬着头皮完成。我的桌子上堆满了小安常看而我却完全看不懂的量子力学和概念物理。台灯上贴着雅思倒计时，上面写着还有最后一天。小安不解地问我："你既然努力了，为什么不去考呢？考了也许我们就能一起出国了。"

"因为我不想自己一辈子都在追赶你，我没有信心可以坚持一辈子。我的人生注定不那么光彩夺目，我也可以允许自己平凡甚至平庸。而你，已经习惯活得心高气傲，早就学会了如何与失败和退缩剥离。我不想一辈子活得如履薄冰。"我说道。

"我感谢老天爷让你爱上我，让我们有一段同路而行。可我不想永远提着一口气生活。你信奉的是'当我的梦做得够漂亮，这个世界才会为我鼓掌'，可我只想找个能让我安心犯错犯傻的爱人，让我能偶尔堕落、偶尔拖延、偶尔失败的肩膀。"我继续无力地述说着。

人们都说爱是一场马拉松，一同出发的人也许很快就不知所终。余生陪伴我们的再也不是那个篮球场上只为你厮杀的英雄，也不是那个暴雨中苦等在楼下的书生，厨房里忙碌着的也不再是为了你的一句爱吃而七手八脚地忙活一中午的那个笨蛋。我们都在努力成为强者，却没时间、没耐心等爱情慢慢长大。

小安走的那天，我偷偷地去了机场，躲在暗处看他——和家人拥抱告别。有那么一刻，他低头不语。我给他发了这辈子最后一条短信：

"小安，记得韩寒曾经说过："认识一个人，了解一个人，到最后告别一个人，对我来说真的是一个痛苦的过程。'我希望你飞得更高，也担心你飞得太累。感谢这一程，你包容我的自卑和怯懦，曾经得到过你的爱，对我而言是一生的殊荣。为了那些曾用力爱过的岁月，为了那些痛并快乐的日子，愿我们都不负初心，找到更适合彼此的那个人。"

五月天曾唱过："七岁的那年抓住那只蝉，以为能抓住夏天。十七岁的那年吻过他的脸，就以为和他能永远。"多年后再想起那些没来由的迷茫和执着，也许我们都忍不住会心一笑。人生就是一辆开往终点的列车，没什么人都自始至终地陪我们走完全程，当那些挚爱与你挥手惜别，即使再不舍得，也要笑着说声再见。

没有骑士和王子的少女时代

可是我依然爱我的少女时代，没有感人肺腑的爱情，没有惊心动魄的起义，没有水落石出的卡带，但我依然爱它。爱那些口不能言、沉在水底的平凡岁月，爱那些为了梦想脚踏实地的拼尽全力，爱那跑不完的跑道，咽不下的盒饭，背不动的书包。

/01/

记得那年大雪前，我拉着闺密去看了口碑极佳的《我的少女时代》，两个三十几岁的老女人，看得热血沸腾，老泪纵横。周围都是火辣辣的年轻情侣，一边观影，一边摩挲着小手，唏嘘感慨。在片尾曲响起的那个刹那，身边的男孩豪情万丈地站起来问女朋友："说，我是不是你的徐太宇？"

我和闺密抹着泪花，相视一笑。此刻，我胸中一口老血正在翻腾奔涌。年轻真好！年轻真好！当我看到林真心那么笨拙，又那么单纯地活着，看到徐太宇一边笑，一边把真心推向欧阳，看到小公园里依次亮起的霓虹灯，伴着那些适时出现的不老金曲，脑海中除了感动，还有一句话："怎么办，我有个没骑士和王子的少女时代。"

我有着和林真心一样蓬乱的头发、厚厚的眼镜、随时扑街的平衡系统和惨不忍睹的数学成绩，但我没有换个发型、戴上隐形就变美的少女容颜，也没有看了大补贴（徐太宇给林真心的复习资料）就像开了外挂的联考成绩，更惨的是，我没有儒雅阳光的学神欧阳，也没有仗义专情的恶霸太宇。我努力地搜罗着记忆里的边边角角，这才想起，好像似乎大概也许真有那么一两个男生对我说过："我喜欢你。"

第一个说会永远爱我的人是高一时的同桌林浩，他长得白白净净、瘦瘦小小的，常被同学欺负。有一次，居然当着我的面，被班里的老大打了一记响亮的耳光。他咬紧牙关没有哭，但鼻头红得像个肿胀的肥皂泡，随时随地会泛滥决堤。

他尴尬地苦笑了一下，默默地拾起散落的书本和坍塌的课桌。而我就愣在一旁，吓得目瞪口呆，手足无措。

我看着他的背影，突然升起一丝怜悯，好像自己是个伟大的母亲，想要张开温暖的双臂护住可怜的孩子。但转过脸去，看到了老大一脸横肉，满嘴黄牙，便咽着口水缩着脖子，打消了挺身而出的念头。

/02/

此后，我对他总有一种莫名的愧疚。

再后来，不知他从哪里得知我特别喜欢读琼瑶写的《青青河边草》，便神秘兮兮地拿着语文书，拉我去了学校的后花园。在反复勘测，确保此地安全后，他从语文书皮的夹层里抽出了二十元钱，递到我手里，小声说："拿去，买你喜欢的书。"

我被他此刻的豪情感动，看着这笔从天而降的巨款，愣在那里，不知所措。

突然，一声异响。他如惊弓之鸟，随手把钱塞进我口袋，着急地嘱咐："快收好，被他们发现了也是被抢走，还不如给你买书。"说完，就吓得跳着脚跑远了。

我拿着这炽热的二十元钱，脑海中闪过了他被打的惨状，心头升起无限悲壮。生存条件如此恶劣，斗争环境如此残酷，林浩尚不能保护自己，竟然还惦记我的喜好。这真让我五味杂陈，悲喜交加。

后来我找机会把钱还给他，他死活不要。他说江湖上没有这样的规矩，给女朋友买书还要钱的。

"女朋友？"我惊愕了。

"对！你是我的女朋友。"他笃定地看着我，头如捣蒜。

"我会永远爱你的。"还没说完，老大就带人又冲了上来，拳脚无情地落在了他的身上。喧闹声掩盖了我的呼救，但那句"永远爱你"一直在我耳畔回响。

第二个说喜欢我的男生是大学社团的学长。他明眸善睐、顾盼生辉，是无数小女生的梦中情人。对于这种万人迷，我从来都是敬而远之。人民公敌不好当啊，而且这种又帅又暖的男生最爱四处放电，稍不留意就会中招，落下个"自作多情"的恶名。

谁知学长属于迎难而上型。整个社团就数我冷淡，不易接近。他便大张旗鼓地四处打探我的兴趣爱好、家庭背景，一副势在必得的样子，搞得全系女生都恨我恨得牙痒痒。

终于，我还是沉不住气，跑过去兴师问罪。不料正中下怀，他有备而来，慢条斯理地承认："没错，我就是到处散布消息，我就是要追你。"

我气愤地说："你追我？你喜欢我吗？你不过就是看我不像其他女生一样对你那么热情，所以才想用追我来证明自己的魅力。你能喜欢我几天？"

他突然低下头，长长的眼睫毛垂下来，露出了少有的悲伤。没一会儿，他就转过身，满不在乎地笑道："没错，我就是要试着追追不喜欢我的人，追不上就算喽，反正有那么多想做我女朋友的人。"说完，一摊手，走进了满是飞尘的阳光里，留给了我一个扑朔迷离的背影。

林浩受伤住院后就转学走了，连声再见都没有留下，那二十元钱我至今也没机会还给他。

学长在被我拒绝后，同时交了三个互称姐妹的女朋友，每天都耀武扬威地在众人面前秀恩爱，晒和谐，花式"虐狗"。

看，不勇敢、不长情的"徐太宇"和花心老到的"欧阳非凡"才是我的少女时代。我没遇到一个拼尽全力护我周全的骑士，也没有遇到温柔英俊、帅气阳光的王子。我的少女时代里泾渭分明，男神只喜欢女神，角落姑娘永远是角落姑娘。可是我依然爱我的少女时代，没有感人肺腑的爱情，没有惊心动魄的起义，没有水落石出的卡带，但我依然爱它。爱那些口不能言、沉在水底的平凡岁月，爱那些为了梦想脚踏实地的拼尽全力，爱那跑不完的跑道，咽不下的盒饭，背不动的书包。

出了影院大门，鹅毛大雪纷纷扬扬，如期而至。闺密焦急地问："怎么办？下雪了，怎么回家呀？"

一把熟悉的大伞慢慢扬起，露出老公温暖而羞涩的笑脸。看，带着林真心的勇敢和善良，熬过了没有骑士和王子的少女时代，我们的人生也会同样精彩。

幸好那年我没有被那顿饭吓跑

　　我很庆幸，很多年前的某个仲夏，一个单纯天真的北京女孩儿就这样兴冲冲地一头扎进了一段门不当户不对的恋爱里。没有人在旁边对着懵懂无知的我捶胸顿足，诅咒唱衰，也没有人落井下石，驻足观看。他们一五一十地告诉了我贫穷带来的问题，也心平气和地力证了爱情的坚贞和伟大。他们用祝福代替忧虑，用信任代替质疑。他们让我始终对自己的婚姻正视而不逃避。

/01/

　　谈到恋爱，我实在惭愧。这辈子和初恋男友谈了七年恋爱，然后结了婚，没有浪费一丝实战经验，全都点对点充值到了日后的婚姻生活里。

我是北京人，老张也是北京人，但他的家距离城中心有五十公里。上大学的时候，我们班里有四十多人，坐在一起，乌泱泱一大片。他一点儿也不显眼，当然我也属于普通人，这辈子夸过我好看的只有家里人和小学胡同口文具店里那个半瞎的老大妈。

记忆中，那位老大妈总在昏暗的半间瓦房里等着我们这些放学路过的小孩子，用浑浊的声音偶尔说一句"卖本啦"。有一次，我听见她朝着我的方向说了一句"你们穿着校服真好看"，然后我就像被施了魔法一样地走进了那扇小门，然后拼命说服自己买了一个并不急用的转笔刀。出门的时候我尽力优雅，小腿在空中僵硬地跨出一道美丽的弧线，希望能配得上她嘴里的"好看"。同行的小乐薅住我的辫子说："你干吗这么走道？"我问："你听见她说我好看了吗？"小乐一仰头，倒进半袋子"跳跳糖"，那些小颗粒在她舌头上噼里啪啦地爆炸，震得她的眼珠子不住地往外翻。小乐龇牙咧嘴地摇着脑袋。"没听见？她说我们穿着校服真好看。"我轻声细语地重复着这句箴言。小乐收起了糖，一抹嘴，冷冰冰地说："人家说的是校服好看。"然后就拉着落寞的我一溜烟地跑回家了。

话说女大十八变这事得分人，小时候特别好看的，大了很有可能长残，失败案例比比皆是。但小时候不好看的，长大了变得特好看这事基本属于天方夜谭，靠意念扭转基因概率很低，我不管你信不信，反正我不信。

无风无浪地长到了十八岁。有人追过，五岁前有没有过实在记不得，反正打记事以来明目张胆表白的只有三个人，这还是我有学霸神功护体的前提下。因本人成绩一贯领先，学习委员、宣传委员、团支书什么的没断过。丰富的学识和良好的师生关系也有可能是男生追求女生时考虑的次次次要因素。

/02/

我出生在小康之家，十几年前货真价实的小康之家。老爸是国企的高层干部，老妈是医生，两人感情和睦，收入稳定。但父母小时候都在外地的农村长大，生活条件艰苦，总对我忆峥嵘岁月，灌输一些不靠天不靠地、要靠自己勤奋努力的心灵鸡汤，所以我的教育里没有太多夫贵妻荣，老妈总爱说的一句话是"谁强都不如自己强"，话糙理不糙，颇有点儿"我不嫁豪门，我就是豪门"的霸气。

既然没有攀龙附凤的目的，对于那些外在的衡量标准，我也就没有太在意，或者说，没意识去特别在意。

因为我有更在意的东西，那就是我和这个人相处时舒服不舒服。

老张是怎么入我法眼的，我还真记得不太清楚，反正就是班里有个女生整天在我们宿舍里聊老张，说他身材好——确实，老张一米八一，练过一段时间长跑。说他脾气好，对谁都客客气气的。说他长得帅，这点一开始我实在不敢苟同，但这么多年过来了，有时候他睡着了，我凑近了认真地观察，鼻子还真的又直又挺，眉眼还真的清俊硬朗，耳朵不大却有个平滑的弧线，总之就是越看越顺眼。

后来那个女生追了很久，老张都有理有礼有节地拒绝了。有没有造成内伤我不知道，反正那个女生就偃旗息鼓、鸣金收兵了，但是偶尔还是会去老张出现的赛场上捧场。再后来的春游，应该是跨时代的壮举，后来我听说北京的中小学取消春秋游了，真是替学弟学妹感到"森森"（"深深"的网络表达方法）的悲哀，多么珍贵难得又名正言顺的集体约会呀，就这么消失在历史的长河里了，想想都伤心。

这一路，我凑巧和老张一组，从出发到返校无限畅聊七小时，把上下五千年都聊清楚了，就是没聊祖宗三代。他也不知道我家情况，我也不知道他家情况。这一战，我旗开得胜，因为据后来老张交代，此后一直上公共课，在一百多人的大教室，他都瞅不着我，想接着聊都没机会。后来，经过他仔细观察，发现我这个人总爱上厕所，于是他一下课就在女厕所附近的楼道里溜达，看见我，他就会故作自然地打招呼："来了？"我就会傻呵呵地回应："对呀。"然后就火热地聊起来。经常是忘我到打了上课铃，才蹑手蹑脚地溜进教室，分别坐在各自宿舍的领地里长舒一口气。

/03/

这是不是我们爱情的小萌芽我不清楚，但这段时间确实加深了彼此间的了解。我终于明白之前那个女生为什么喜欢老张了，因为他身上有一种稳定因子，木讷却透着一股子大智慧。不怕吃苦，更不怕吃亏。光这一点，就够很多人学一辈子。

我被这种突然杀入的世外高人震慑了，然后陷入到了一种莫名的崇拜中。很多时候，他的处事原则和我大相径庭，我泾渭分明、敢爱敢恨，他憨厚沉稳、大音希声。我的很多烦恼在他看来都不值一提，什么宿舍里有人不倒垃圾呀，什么某人竞选私下买票哇，那些都叫事吗？无招胜有招，无声胜有声。

他的豁达乐观梳理了我骄傲的羽毛，纠正了我挑剔的审美。我慢慢也变得平和，看待事物不再非黑即白，而他也因为我的出现越来越轻松，越来越快乐。就这样我们无忧无虑地谈上了恋爱。现在有很多人指责姑娘们不太敏感，都谈了一年的恋爱，怎么能不知道对方的家里很穷？在这里我想负责地说，我和老张谈了三年的恋爱，我也不知道他家很穷。

那时候，我们是大学同学，终日里一起上课下课，晚上的时间在自习室上自习，我每天关心的主要内容是自习的这间教室晚上会不会有课。周末我都回家，他一个月回一次。不回家的时候他就送我回家，那时候我们坐的车是比玛莎拉蒂还有名的300路公交车，环三环的，以拥挤和扒手多而名扬天下。我有个朋友在上面丢过四部BP机、两部手机。

甜甜蜜蜜的日子过得飞快，大四那年，老张正式要求我去他家。

那时候我父母隐约觉得我有男朋友，但是不知道什么情况。而且那时我还不习惯用"度娘"（指百度网），我就装作无意地问我妈，第一次去男朋友家有什么要注意的。然后我妈就炸了，紧接着我爸也炸了。他们异口同声地吼："你真有男朋友？"然后我就暴露了。这种智商属于无可救药型，除了自投罗网，我想不出与之相配的第二种死法。

最后的结果就是父母妥协，同意我去，不过还要掩耳盗铃地要我承诺这次去没有任何法律效力，就是普通的同学聚会。然后我就开开心心地去了。我们先坐车，是不是635路我想不起来了，反正是先到的德胜门，然后看到了排成长龙一样的队伍，跟白云观庙会排队摸灵猴似的。我问老张："这干吗呢？"他小声说："排队坐345路。"

/04/

记得前几年爆出一个特大新闻，引发了全社会的热议。某位上海姑娘跟外地男友回家，结果被当天的晚饭吓得分了手。照片上黑漆漆的食材确实不好看，简陋的餐具和桌椅也能看出男友家捉襟见肘的经济实力，但小姑娘逃命一般跑回了上海，在论坛上晒出了真凭实据，戳伤了一众"凤凰男"的精神泪点，引起了一场声势浩大的舆论混战。

最后的结果，有人说是假新闻，有人说是真分手，喧嚣过去，值得思考的是婚姻的基础是什么。我同意门当户对这个说法，但这个门户绝不仅仅是指经济地位或社会地位，更多的是精神上的和谐匹配。

我几乎没遇到太多阻力。爸妈心里一定有很多的人生哲理，但他们选了一条最宝贵、最实用的告诉我。妈妈说："今后你们要是经济上有了困难，亲人都可以帮助你们渡过难关，但如果你们感情上有了困难，到时候谁也帮不了你们。"老张感动得热泪盈眶，拉着我的手对我爸妈说，这辈子一定会对我好，一定会加倍努力，让我过上更好的日子。

这场谈了七年的恋爱，在老张清华研究生毕业的第二年修成正果。至今又过了十年。这十年里，我们不敢说没有吵过架，拌过嘴，但我们非常幸福。我慢慢体会到了不同出身的人观念想法确实不同，但不同不意味着不可调和。我也有不少嫁给"富二代"的闺密好友，她们有的恩爱，有的悲苦。我明白这个社会，从十八楼往上爬，比从三楼往上爬要轻易便捷很多。如果我没有爱上老张，我肯定不会刻意去挑选一个穷苦人家，但爱情既然来了，我怎么能因为那些年龄、门第、阶层、距离而割舍放弃？

我想，这是我和那位上海姑娘最大的不同。

我很庆幸我没有被那顿饭吓跑。当然，老张的家并没有落后得那么夸张，后来又因为一些契机积累了资金，盖起了明亮整洁的新房子。也因为我骨子里不是小公主，他也从没有打着顺其自然的口号放弃过我。

而最最最重要的就是，故事的当事人是我和老张。我们相识于十八岁，是个人生观价值观日趋成熟的年龄。青葱岁月里相伴成长，共同奋斗，我们有太多交织在一起的温暖回忆，什么是门当户对？这才是门当户对。我们有齐聚女厕所门口的十八岁，有毕业了一起找工作的二十二岁，有为了能早日娶到我放弃保研的二十四岁，有初为父母的二十六岁，有双双迎来事业高峰的三十四岁。

我坚信夫妻的相处特别符合力学原理。这里的力是相互甚至递增的，每个人既发出作用力，也承受反作用力。所以美满的家庭常常会呈现出越来越恩爱的良性循环，因为你疼了我三分，我便要回馈五分，而且彼此不断调整各自的人生观与价值观，以便及早达成精神共识。这也许是个漫长的过程，可一旦形成，夫妻之间便有了最牢固、最可靠的理性纽带。我很庆幸，我与老张的磨合没有太多纠结，因为我们虽然性格迥异，但说到底，我们是一类人：柔软却非常勇敢。

我很庆幸，很多年前的某个仲夏，一个单纯天真的北京女孩儿就这样兴冲冲地一头扎进了一段门不当户不对的恋爱里。没有人在旁边对着懵懂无知的我捶胸顿足，诅咒唱衰，也没有人落井下石，驻足观看。他们一五一十地告诉了我贫穷带来的问题，也心平气和地力证了爱情的坚贞和伟大。他们用祝福代替忧虑，用信任代替质疑。他们让我始终对自己的婚姻正视而不逃避。我们知道这一路披星戴月，风雨兼程，但越是艰难，越要时刻保持清醒，越是辛苦，越要同舟共济，荣辱与共。

那个很爱钱很爱钱的姑娘

　　我知道，有些人的爱情之路格外凶险，可有些人就是能理所当然地大惊小怪。无论是你熟练地要钱，还是笨拙地索爱，我都敬你干脆坦荡，从不欲盖弥彰。等到我们都老了，爱情的筋骨也都老了，没人再为了强拉一张美颜暗地里去付那些层出不穷的账单，也不会再有人为了所谓的安全感，暗地里把自己的自尊和脸面掩埋。

/01/

　　今天，我想写一下叶子。

她口碑不好，常出现在朋友们的闲话里。几个哥们儿交女朋友，第一条要求就是千万别像叶子。弄得不明真相的人以为叶子是恶魔一般，人神共愤。其实叶子很好看，眉眼清秀，个子高挑，二十出头，水灵灵的年纪配老杨绰绰有余。

可就是一点，爱钱爱得明目张胆。

什么都要。要包要手表要金饰，寡淡的五官只有在欲望的撩拨下才会心甘情愿地献出精致的美颜。老杨每次喝酒都爱带着叶子，因为有面子，叶子一来，谁的老婆女友都黯然失色，高低立现。

叶子每次都来赴约，多晚多恶劣的天气都来，就像小狗喂食一般形成了条件反射。越排除万难的相见，来日老杨奉上的礼物就越高端。有一次，我们在饭店吃饭，老杨知道大家不喜欢叶子，本来说不叫她了，可喝到一半，老杨喝high（高兴）了，不知抽什么疯，又摸出电话把叶子招了过来。那天大雨，我们都说算了，可没到一个小时，湿漉漉的叶子就坐在了我的对面。

那晚老杨更得意了，搂着美人，点了一份木瓜燕窝炖雪蛤，比我们整桌菜都贵。临走的时候，大家都意犹未尽地讨论老杨会不会花血本娶了叶子，只有我在喧闹中听见他别过头去，偷偷在叶子耳边说了一串号码。

我笑了，猜那是他的信用卡密码。

这顿饭的代价还真大。

　　我明白老杨的得意，一路凄风苦雨打拼到中年，如今手里握着几十万的年薪，比上不足比下有余，是该享受一下奢靡的花花世界了。就这么摁着头挤进婚姻的刑场，我猜他死不瞑目。

　　因为讨厌叶子，大家特意开了一个没有老杨和叶子的群，时不时在里面吐槽一下老杨又大出血了，叶子又换包了。一天，有个朋友不小心看错了群名，竟然把信息发到了有他们俩的那个群。

　　嘀嗒一声，"你们说老杨会娶那个叶子吗"一行字赫然出现在了每一位群友的手机上。等到肇事者意识到，已经过了撤销的时间。

　　长久的沉默后，老杨打了一个"会"。

　　于是此字成了这个群的"遗言"，大家像躲瘟疫一般，再也没人出声，连新年发红包都要刻意绕行。

/02/

　　开春的时候，我们听说老杨求婚了，叶子也同意了，只有一个要求，必须买三居室，房产证必须有她的名字。

　　谁都知道老杨半生打拼固然辛苦，可之前的房子是杨伯母单位的福利房，伯父伯母去世后，老杨一直空着老房子寄托哀思。求婚的时候老杨手头有两百多万，承诺买个小的先当婚房，等过两年有孩子了再换，可叶子就要三居室，让老杨卖了老房子换大的，而且必须有她的名字。

哥几个一合计，这事蹊跷哇。本来老房子是婚前财产，让这小妮子大张旗鼓地吞了一半，老杨久经沙场，应该不会中计。

果然，老杨和叶子在这事上纠缠了很久，叶子说不要婚戒、不要白纱、不要蜜月、不要典礼都行，就是不能不要房子。

老杨生日那天，明知道尴尬，可我们还是又聚在了一起。极少化浓妆的叶子顶配出席，穿着当季的爆款，背着限量版的包包，脸上挂着少见的亲和力，也许是有了老杨的求婚，她人前人后地忙活着，名正言顺地有了女主人的样子。哥几个对叶子都没什么好脸，有几次言语挑衅，但碍于老杨的面子，也都和稀泥糊弄了过去。

吹蜡烛的时候，大家吵着让老杨许愿，他猛喝了一口白酒，辣得涕泗横流。借着酒劲，他老泪纵横地说这辈子最大的心愿就是能和叶子好好过日子。

老杨的泪水让大家都安静了。长久以来，我们都凭着自己的臆断揣测老杨的心思，自以为正义地认定他是冤大头，认定他是凯子，他上当受骗。可谁也没认真地想想他们俩是不是真爱，他究竟过得幸不幸福，为了叶子他是不是心甘情愿。

老杨热泪盈眶地说："叶子，你真的爱我吗？"

叶子没说话。

老杨抹了把泪说："爱我的钱，爱我的房都算爱我。"

我们看着老杨摇尾乞怜的样子，想起年少时他不爱读书，第一份工作是推销豆浆，一家超市、一家商店地送货，为了能让自家的豆浆有个好位置，自掏腰包请超市经理吃饭，赔尽了笑脸。那时候我们吃饭，听他说得最霸气的生日愿望是能买辆QQ，开车上班。

我们都是肉身凡胎，能在物质的世界里披荆斩棘，却不知如何在人心里攻城略地。三十三岁的老杨还是输了。

/03/

有天晚上，我陪个朋友去逛新光天地，灯火通明中，我一眼看见了高挑的叶子揽着一个老头，举止亲密。我心一揪，想起老杨的眼泪，便恶狠狠地投过几缕憎恶的目光。大概是恨意太盛，惹得叶子侧身来寻我。眼神相对的那一秒，我目击了她片刻的慌乱，姑且算是她爱过老杨的一个佐证。

回到家很久，我还是意难平。等到晚上睡觉的时候才发现，手机里有个好友申请是叶子发来的。

我犹豫了一下，点了同意。没过几分钟，她几段长长的消息就进来了。

她说一开始找老杨就是为了钱。她知道像自己这样身家不太清白的姑娘没资格期许一段纯洁的爱情，为什么不能心无旁骛地挣钱？更何况，我们这些老杨身边的朋友都不喜欢她。

看到这儿，我下意识地想发一句谎言来安慰她，想了想，又灰头土脸一个字一个字地删掉了。

人是何等的聪慧与敏感哪，到了我们这个年纪，两方的气场合不合，大概花不了十分钟就能心知肚明。

她接着说："你知道吗？我老家是山东，我爸死于矿难，我从小就跟着我妈在北京打工，我知道妈妈的压力，从不敢偷懒，发誓要考最好的大学，为了妈妈也要出人头地。可到初三我才知道原来我根本没资格在北京报考，除非是上职高。

"我妈都快哭瞎了眼，四处求助。最后，临街开饭店的大姐给我妈出了一个主意，说给她找了一个北京人结婚，好给我身份参加考试。

"我妈连问都不问就同意了，领了证就拉着我搬进了继父住的一间小黑屋里。我那时候太小，不明白这一步对于妈妈来说是一场灭顶之灾。我一心想着未来，想着为了妈妈我一定要努力。那时候，我妈每天都给我报告好消息，又有一个章批下来了，又有一个关卡闯过去了，直到我拿到了中考的准考证。

"可就在我中考前的那天晚上，继父喝多了回到家，开始骂我妈骗婚，骂我们狼心狗肺。以前偶尔的争吵都是妈妈求饶妥协，可那晚我需要早睡，妈妈实在忍无可忍和继父吵了起来，她跪在地上求继父小声点儿，说我明天中考千万不要吵醒我。

"暗夜里，我听见继父用最龌龊的字眼侮辱妈妈，还打了妈妈。

"我从走廊的小床上跳起来，一拳打在了继父的眼镜上。镜片碎成了好几片，一下就割伤了他的眉骨，鲜血直流。那个晚上，是我人生中最黑暗的夜晚，继父用皮带抽向我和妈妈，是妈妈用孱弱的身躯护着我，直到她捡起了桌上的水果刀。

"妈妈因为过失杀人被判了十年，而我根本没去参加第二天的中考。"

/04/

那个晚上，我听她一直在讲自己的故事，讲那些寡淡与讨好的源头，讲自己颠沛流离的命运，讲没遇到老杨前她从男人那里悟到的真理。她坚信，愿意给自己爱的人很多，但心甘情愿为自己花钱买房的人很少。

"对不起，"她说，"我从没有相信过爱情，一分一秒都没信过。别让我到了三十岁再开始相信爱情，我输不起，我不能被打回原形。"

我有点明白她的逻辑了。以前我一直不懂，她明知道我们都不喜欢她，还次次不落地参加我们的聚会，丝毫不理会大家无意提到的学历和素养。甚至偶尔能看到她被羞辱后的喜悦，因为这些无意的伤害都会被老杨清算变现。

本来他给钱，她给人，两不亏欠。

可一旦他们交易的媒介变成了婚姻与爱，她便不知如何明码标价了。她下狠手给老杨出了一个难题，她知道自己胜算不大，可还是想为了我们嘴里的爱情豪赌一把。结果就是老杨在她落荒而逃之前先逃了。

我问："不是生日的时候，你拒绝了老杨吗？"

叶子说："那是我们的分手宴，之前老杨已经把所有的礼物都要回去了。"

"你都还给他了？"我感到非常意外。

叶子说："能还的都还了。手表、包、金饰一件一件都清点收回了。老杨那里有刷卡记录，说这些东西都超过两千元了，如果不还，就会立案。"

我心一沉，暗想老杨这事干得丢脸。

"对不起，叶子。"我突然在屏幕上打了这几个字。以前的我从没有想过这一场又一场的人生里有那么多讳莫如深的秘密，即使是相识多年的老杨也有如此不上台面的举动，而叶子从来没为她的贪财拉一块遮羞布。

那晚以后，她不出意外地屏蔽了我的微信。想起她的时候，就点开她看看那道灰线，祈祷她在我们看不到的地方能真正平安快乐地生活。

老杨最后娶了一个知书达理的大学老师。三十多岁了，还在象牙塔里教书，目光清澈，性情温和。我们都觉得和老杨特别般配。第一次去老杨家吃饭，大学老师给做了一桌子美味，还烤了一个苏芙蕾蛋糕，绝对是一流的烘焙高手。所有人都夸老杨命好，只有我盯着他老婆的项链发呆。

那个小天使的金坠子以前叶子戴过，我记得特别清楚，配着一身低胸高腰的连衣裙，特别亮眼。

老公问我："你不吃饭看什么呢？"我笑了笑，点开手机，叶子发来一条手机短信："今天，我接我妈出狱。"

我知道，有些人的爱情之路格外凶险，可有些人就是能理所当然地大惊小怪。无论是你熟练地要钱，还是笨拙地索爱，我都敬你干脆坦荡，从不欲盖弥彰。等到我们都老了，爱情的筋骨也都老了，没人再为了强拉一张美颜暗地里去付那些层出不穷的账单，也不会再有人为了所谓的安全感，暗地里把自己的自尊和脸面掩埋。叶子，虽然也许我们不会再见面，但未来的日子里，我祝你求仁得仁，若有一天能遇到真心疼你爱你的人，愿你能卸下一切防备，给自己一个机会，尝尝"耳听爱情"的滋味。

青春是一场错过

　　这是命运替我们做的决定。对于即将天各一方的我们，也许不开始是最大的仁慈。时间是最好的裁判，就让你理直气壮地怨我、怪我，最后忘记我。不再打扰是我对往事最大的敬意。很多人都说，青春的另一个名字其实是错过。

/01/

　　十五岁那年，空置了很久很久的506室终于搬来了新住户。

那是我第一次看见皓然，五官清朗俊秀，身体单薄，一个巨大的麻布袋深深勒入他瘦弱的肩膀。我赶过想去帮他，谁知他冰冷地一侧身，丢了句谢谢就走了。

哼，不帮就不帮，我又不欠你的！

我们年级十个班，他偏偏插班进了我们教室，我们班有四十五个人，他偏偏被分到了我旁边。看着他那张仿佛全世界欠他钱的臭脸，我就够了，居然还有好多小女生觉得他长得帅，追着给他写情书，真是见鬼！

有一次我好奇，趁他不在偷偷打开了一封。我的天哪，里面画了好几十个桃心，密密麻麻地写着我喜欢你，看得我从头到脚都不舒服。

有那么夸张吗？对，他眼睛是比别人大点儿，鼻子挺点儿，脸小点儿，头发黑点儿，皮肤白点儿——等等，怎么越想越觉得他长得还真是好看。我顿时把脸埋在校服里，痴痴地傻笑。突然，后脑勺遭到不明物体的重击，疼得我哎哟一声跳起来。

"你干吗偷看我的信？"一睁开眼就是皓然那张臭脸，他怒气冲冲地瞪着我，一把将信夺过来，塞进位子。

"你平时看都不看，直接当垃圾扔了，我凭什么不能看？这叫废物利用。"我揉着脑袋，胡搅蛮缠起来。

"谁说我不看的？我每一封都看。"皓然边说边红了脸，我看着他两颊泛红的样子，还真是好看。

那时候，我们学校的食堂里有大蒸锅，不想在学校吃饭的同学可以带饭，上午第二节课之前都可以送过去，放在规定的饭框里等待加热。吃中饭的时候，我闲来无事，悄悄扒开皓然的饭盒看，没想到里面塞满了米饭，只有几片干巴巴的菜叶。

等到皓然回来，我故意捂着肚子说不舒服。皓然一边嚼着饭菜，一边问我："你没事吧？"我病恹恹地说："没什么大问题，就是肚子不舒服，吃不下饭。要不，你帮我把饭吃了吧，我剩饭回家，会挨骂的。"

皓然认真地看着我碗里的小炒肉和柿子椒，低声说："这么多肉都不吃了？可我要是吃了你的饭，你下午万一饿了可怎么办哪？"

我一把把饭盒推到他面前，说："没事儿，我保证不会饿的，就算饿了也正好减减肥。"

皓然将信将疑地夹走了几块柿子椒，看我真的不吃，又夹走了几块肉。到后来就连锅端走，吃了满满一饭盒米饭。看着他大快朵颐、心满意足的样子，我有说不出的快乐和幸福。

没想到下午第二节是体育课，老师看着天好，竟然要测八百米。我填饱肚子都不及格，更何况此刻我正饥肠辘辘，饿得没有半点力气。男生在操场对面的跑道上测一千米，枪一响，皓然就蹿了出去，一路领先，惹得操场上其他上课的学姐学妹惊叫连连，一个胖胖的女生一脸花痴地拍着旁边女生的肩膀大喊："就是他，就是他，我的徐皓然，徐皓然！"

"真是好笑，怎么就成了你家的徐皓然了？他同意了吗？我同意了吗？"

这念头刚一冒出来，就吓了我自己一跳，这事和我有什么关系？我瞎操什么心？着什么急？还是先把八百米跑完吧。没想到，这脚下发软真是一点儿力气也用不上，地面就像海绵做的，我深一脚浅一脚，两腿发软。好容易跟跟跄跄地跑到弯道，忽然后面一股风，冲得我东倒西歪。原来是有几个男生已经追了上来，一边跑，一边贱兮兮地嘲笑我们这些落后的小尾巴。

皓然慢下来和我并行了几步，小声说："要是不舒服，你就和老师请假吧，这……个时期跑步对身体不好。"说完，他满脸通红地跑远了。

"这个时期，哪个时期？"等我意识到皓然说的意思时，也害羞得涨红了脸。这个傻瓜原来也不是什么都不懂啊。可惜他并不知道我装病的真正原因，如果他知道了，一定又会摆出那种事不关己的冷酷模样，好像全世界都和他有仇似的。

所以，我一定不能让他发现这个秘密。

/02/

我把装病的频率掌握得特别好，一到家里吃排骨、炖肉或者饺子的时候，我都一边咽着口水，一边把饭盒双手奉上，铁齿钢牙说是自己胃不舒服，吃不下。慢慢地，皓然开始察觉到我的反常，和我说起话来都怪里怪气。

"你总是胃疼，要不要去看看医生？"

"你这种情况为什么不和父母和老师说？"

"你知道吗？如果经常胃疼，很可能是得了胃炎、胃溃疡，甚至胃癌。"

我看他一脸认真的样子，真是又好气又好笑。男人哪，学习再好也是感情上的"草履虫"，不知要进化多少年才能修炼出人形。

虽然皓然看不出来，可是我的好闺密小莉早就看出了端倪，她忧心忡忡地问我为什么喜欢这个高冷的万人迷，这难度系数得多高哇。我不知道这是不是就叫喜欢，但能看见他的每一天，我都觉得心花怒放，阳光灿烂。

/03/

寒假是孩子们最期待的，大人上班，可是学生都放假。什刹海的溜冰场是人气最旺的聚会场所之一。还没到冬天，我就央求妈妈给我买了超级漂亮的滑冰鞋，可不是那种带轱辘的小儿科，是冰刀鞋，走在冰上当当响的真家伙。我跟着冰场的老爷爷滑了几次，居然就上道了，歪歪扭扭地，竟也可以哧溜哧溜地在人群里窜来窜去。

小莉和我早就商量好，放了假就到冰场里好好玩一场，我有好几次想大大方方地问皓然，"嘿，同学，一起去滑冰啊？""嗯，学霸想不想来体验一下学渣的生活呀？"可不论我说得多顺畅，总有一股子做贼心虚的窘迫，透着既不自信也不自然的样子。磨蹭到了返校拿成绩那天，是年前我们最后一次去学校了，我终于等不了了，拍着皓然的肩膀说："嘿，皓然，你想和我们一起滑冰吗？"

皓然头都没抬，说了一句"不想"，就收拾书包回家了。

我一个人傻呆呆地站在原地，小莉说："得，一学期的午饭都喂给白眼狼了。"

等我垂头丧气地回到家，皓然竟然在我家门口站着，我吃惊地看着他，他说："我没带钥匙，能不能上你家待一会儿？"

我高兴得快上房了，皓然搬来了好几个月，平时在上学路上看见我，都不会停下来打招呼，更不用说邻居间正常往来了。有一次，我听妈妈说，他们家有些隐秘的海外关系，最好还是少联系。

我把皓然让进客厅，就一蹦一跳地去厨房给他倒水。皓然木呆呆地坐在沙发上，沉默了一会儿，忽然深吸了一口气，问我："你是不是故意把好吃的给我，然后让自己饿肚子？"

　　我像被人突然踩中了尾巴，吓得缩着脖子低下头，不敢看皓然的眼睛。

　　"我听我妈说，上完这个学期，我们就要去法国了，再也不会回来。"说完，皓然拔腿就走，我还没回过神来，他已经一抬手，砰地一声关上门跑了。

　　长久的寂静里，我听见自己的心在耳边扑通扑通地跳。周围那么静，空气好像都凝滞了。这是我人生中的第一场恋情，可还没来得及表白，就夭折在午后细碎的阳光里。我慢慢地回到自己的小屋，慢慢地钻进被窝里，让泪水在寂静中一大颗一大颗地滴落。

　　和小莉约定滑冰的那天，天气特别好。我背着冰鞋在附近的公园里买了一张通票，左等右等也不见小莉的身影。倒是不远处，一个男孩儿急匆匆地跑了过来，样子怎么看怎么像皓然。我傻呆呆地瞪着他从远到近，一直跑到我的面前。天哪，居然是皓然！怎么可能是皓然？看着我一脸蒙圈的表情，皓然不好意思地笑了，他红着脸小声说："是小莉告诉我时间的，临走前我很想和你滑一次冰。"

　　我看着他认真的样子，心里说不出是难过还是高兴，好

· 187 ·

容易按下的情愫又翻江倒海起来，可一想到那天皓然绝尘离去的样子，我便没好气地噘着嘴强辩："谁稀罕和你一起滑冰啊，我那是买好了票怕浪费。"

"好，你说什么都对。"皓然看我同意了，一把推着我跑进了冰场。

进了冰场才知道，这里的高手数不胜数。我歪歪扭扭地刚走上冰面，立马就洋相百出，一会儿一个嘴啃泥，一会儿一个屁股墩儿，逗得皓然前仰后合。到最后，我是真生气了，哪有人把滑冰当小品看的，哪有半点儿同窗情谊！皓然这才回过神来，意识到自己太放飞自我了。赶紧清了清嗓子，一本正经地凑近想要保护我。我气得拼命挣脱，想要回到岸边休息，谁料皓然突然死死地攥住我的手，生怕我再有闪失。我的脸不知不觉地烫了起来，两条腿使不出半点力气，心嘭嘭嘭地在耳边跳得振聋发聩。皓然看出了我的紧张，语气更加柔和起来，耐心地告诉我身子前倾，重心下沉，内八字前进，这些都是滑冰的基本要领。我性子毛躁，刚听他讲了几分钟，就觉得得了真传，迫不及待地要闯荡江湖了。皓然还想唠叨两句，一见我心急火燎的样子，没办法，只好松开了手。

虽然不放心，但皓然还是不情愿地退到了一旁，前后左右一路小跑着保护。弯道的时候，我用力过猛，使劲向前一蹿，眼看就要摔下去了。皓然顾不得别的，一把把我抱在怀里，两个人都重重地跌在冰面上，疼得哎哟哎哟叫个不停。

幸好有皓然护着，我只是摔在了他的身上。身边都是情侣在打闹嬉戏，爽朗甜蜜的笑声在空中久久回荡。那我和皓然算什么呢？这短暂的欢乐会不会就是我俩最后的定格？

眼见太阳下山了，皓然和我一瘸一拐地挎着冰刀鞋回到了家。这一路，我们两个人都没说话，快到家的时候，我扑哧一声笑了。皓然看着我弯弯的小眼睛，也笑了。

"你笑什么呢？"我仰着脸问。

"你笑什么呢？"皓然看着我，反问道。

刚走进昏暗的楼道，皓然忽然一把抱住了惊慌失措的我，这是皓然和我各自青春生涯里的第一次拥抱，我们从来就不知道相拥是一件多么美妙的事情。两人的呼吸此起彼伏，肢体僵硬地叠加在一起，四周静得要命，耳边全是羞涩的扑通扑通声。

好久，隔了好久，我才把手臂慢慢移到了皓然的身后。皓然好瘦哇，抱在怀里是那样一小只，柔软得像午后晒热的薄被，暖暖的，香香的，让人不肯撒手。

突然身后一声巨响，好像是二楼的张大爷搬自行车下楼梯，惊得我们俩三步两步跳进了电梯。到了五层，我们谁也没有再说话，羞得一头扎进了各自的家里。

那天晚上我做了个梦，我梦见蓝天白云下面有一匹小马，虽然瘦弱，但一直甩着尾巴紧紧跟在我身后。突然，狂风四起，飞沙走石，我眯着眼睛四下寻找，却见小马绕了个圈子就急匆匆地往远方跑去，我一边叫一边追，刚跑了几步，就看不见小马的踪影，只觉得喉咙哽得生疼，醒来后哭得昏天黑地。

我心里明白，这小马一定就是皓然。

/04/

他走的那天，楼道里全是人。邻居热心，凡是在家的都出来送行。虽然一起住的时候相交不多，但只要有人离开，人们都不忘去表一表善心。李阿姨说有空常回来坐坐呀，张奶奶说别忘了我们这些老邻居。可每个人的表情都不悲痛，甚至没有一点儿好奇。大家默契地排好顺序，一个接一个地致辞挥别。我差点儿忘了嘱咐我少接触皓然的也是这同一拨人。

但我特别感激他们，他们是我哀伤的保护屏。我隐在他们中间，在一片浓浓的情谊中偷偷抹着眼泪。我知道他凌乱的眼神终会聚焦在我的身上，这点我从来不曾怀疑。但谁也不能撬动红尘滚滚的车轮，我们热闹地相识，怅然地离开，像两片顺流而下的叶子，容不得半点违拗。他还是背着那个巨大的麻布包，一脸冷漠，仿佛昨天他刚走进我的世界。

皓然的余光一直回望我，我知道他在努力平复情绪，可他始终没停下来和我告别。我开始哭得上气不接下气，像每个热心的邻居一样，一边挥手一边追出楼道，看着他们一家子钻进喷着黑烟的面包车，一溜烟地开远了。我伏在墙边，好一阵才缓过神来，知道皓然就这样走出了自己呼唤的音域，离开了我的青春岁月。

我知道，暗恋是一个人的狂欢。我走过他熟悉的路，读过他爱看的书，听过他常听的歌，我曾经很努力地想在他的生命里留下些什么，希望多年后再回想起我，他不会觉得我只是个过客。

考上大学那年，正赶上我家搬家。老妈从壁橱里掏出了好多旧物准备清理，其中我的冰鞋最招她生气："那么贵的鞋你穿过几次呀？你练过几次滑冰呀？整天就知道买买买，想起来我就上火。"

我不情愿地从床上爬起来，一边穿衣服一边狡辩："谁说我没穿过呀，我还去附近的公园里滑过冰呢。"

"什么时候，我怎么不知道？"老妈嘟囔着，把冰鞋拎起来，看了两眼就要塞进我的手里。

我暗想你怎么会知道，你怎么会知道皓然和我的那次约会，你怎么会知道楼道里我们相拥在一起，你怎么会知道那些美味的午餐都被我拿来祭奠自己可怜的暗恋。

所以皓然，你除了给我一个下午美好的回忆，从没有给我任何机会真正走进你的生活。而我还傻乎乎地步步回头，舍不得忘记。

我接过那双一直在记忆里闪闪发光的冰鞋，忍不住在手里慢慢摩挲。鞋子小了，怎么挤也挤不进去，冰刀也旧了，积了厚厚的尘土，可能再也擦不下去。

"咦，这鞋底怎么有字呀？"老妈突然眯着眼睛，死死地盯着冰鞋的底部。我心里咯噔一下，连忙把鞋子翻过来仔细地查看。在黑色的鞋底上，有人用笔写了两行小字："我喜欢你，如果你还喜欢我，明天送我的时候带一本书。"

这一刻我终于明白为什么那天皓然一直回望我却不走近，也终于懂得为什么他的眼神里除了离别的伤感，还有一丝失落。可惜笨拙的我根本没注意到他在我鞋底留下的字，我根本不知道自己其实有机会可以回应他的橄榄枝。

老妈知趣地离开了，剩我一个人在屋里默默发呆。我不知道当年我的默然有没有让皓然懊恼心伤，也不知道他是不是如我一般很久才得以释放。那一刻我曾想过再去找一找皓然，向他澄清这桩公案，可最后，我还是选择了放下。

这是命运替我们做的决定。对于即将天各一方的我们，也许不开始是最大的仁慈。时间是最好的裁判，就让你理直气壮地怨我、怪我，最后忘记我。

不再打扰是我对往事最大的敬意。很多人都说，青春的另一个名字其实是错过。

有一种姑娘，注定不负青春

　　小仙这辈子承受了无数人疯狂的喜爱，也扛下了许多人无情的猜忌。大风大浪里，她始终相信爱，相信誓言，相信活在当下，不负青春。

/01/

我们几个发小里，就小仙活得最霸气。

她是我小学同学、初中同学和大学同学。那时候她不爱学习，只爱帅哥，老师每次都是苦口婆心地劝她回头是岸，因为她脑子无比灵光，多难的知识，听上几分钟，考试就能及格。小仙妈妈是电影学院知名教授，遇上这么作的闺女也真是没辙。所以每次看见小仙妈妈，她总是小声在我耳边叮嘱着："帮我看着儿点小仙，别让她太出格。"

我怎么可能看得住她？我们俩的关系就像是公主和丫鬟，上级和下级，将军和士兵。常常是小仙一声令下，我们几个就骑车出去玩耍。小仙说，学习再好也没用，关键得找个帅气的男人，有个幸福的家。

在人际关系上，小仙是我的启蒙。是她让我明白了，父母不是恩人，也可以是朋友；老师也不都是古板严苛，也可以聊天谈心，大话家常；甚至备受诟病的闺密情谊，也没什么讳莫如深，诡谲多变，只要我们真心待人，大家都能做朋友。

我对小仙的崇拜几乎到了令人发指的程度。我遵循她的哀乐，执行她的喜恶。最爱看集万千宠爱于一身的她仰着小脸一副谁也打不倒我的样子，我常在想，小仙就像我生命里的一道彩虹，五彩缤纷灿烂夺目，这辈子如果能一直和她在一起，让我干什么都愿意。

那时候我的成绩稍高一些，小仙总是感慨她要是有我一半努力就知足了，可是她屁股上长了钉子，一刻也坐不住的，就算是睡觉打盹，也能睡得左摇右晃，前仰后合，让大家忍俊不禁。那时候喜欢小仙的人横跨附中六个年级，我们高二的时候，小仙还收到了一封来自初一三班的表白信。"小鲜肉收割机呀！"我们几个一边感慨，一边读这封来自十二岁懵懂少年的真情告白，结果六行里有十一个错别字，大家当即笑成了一团。

临高考的那两个月，小仙妈妈替她请了假，带她去了郊区某个封闭学校上考前冲刺班。据说老师都是大名鼎鼎的业内翘楚，有不少还曾经参与过高考命题。要不是小仙妈妈是大学教授，资源丰富，你就是捧着钞票也不知找谁报名。

临行前，小仙搭着我们的肩膀说："苟富贵，勿相忘。姐们儿先混出去了，给大家当卧底，每晚10点准时QQ联络，我把重点给你发出来。"

结果小仙走了三天，QQ自始至终都是灰的，手机也根本打不通。有几个姐妹等得着急，开始说风凉话，觉得小仙肯定又反悔了，不想告诉大家重点，怕我们考得比她好。我气得哇哇大叫："她是谁？她是最仗义的小仙啊！你们这些没来由的猜忌是对小仙最大的侮辱！你们根本不配做她的朋友！"

"那你说，都过去好几天了，小仙为什么不和咱们联系？"对方扬着下巴，一副咄咄逼人的样子。

"肯定是因为小仙病了，要不就是封闭学校里不让用手机。"我大声回答着，底气十足。估计这辈子，我的第六感从没这么灵过。小仙的手机在入校的那一刻就被迫上缴了，她没忘我们的约定，急得团团转，偷手机、装晕倒，能想到的诡计都用过了，还是上不了网。最后，小仙求妈妈给我们发了条消息，说自己被困，万事等出来再说。

这句话很小仙。

我就知道，她从来就不是自私自利的人，更何况她本就可以不告诉我们，自己偷偷享用。可小仙的性格是宁可自己吃亏，也要照顾一众姐妹。那些心存怀疑的人根本就不了解她。

等小仙冲刺班结业那天，她急忙把大家召唤到最近的肯德基，摊开小本一通讲啊，定理、例题、思路、技巧，倾囊以授，讲得是眉飞色舞，面若桃花。闺密们都是左右开弓，生怕落下一个字，漏听一句话。最后，小仙猛喝了一大口可乐，心满意足地坐下喘气。在小仙的助攻下，高考时我们每个人都比模拟考试高出了二三十分。

更加幸运的是，我和小仙还上了同一所大学。录取通知书来的时候，我们俩抱在一起又哭又笑，神神叨叨。从小一路长大，将来还要一起嫁人，一起生子。这时的我们，刚刚揭开命运的面纱，还看不清未来的方向。

/02/

上了大学的小仙，依旧时常呼朋唤友，称霸一方。有太多的人想要做她的跟班，有时我为了和她说一句话，必须得挤过层层人墙。我觉得，小仙不再是我的小仙了，她的世界注定比我的更宽广、壮丽。戏剧社社长正在追求她，学生会副主席是她的好姐姐，连系辅导员都对她青睐有加，另眼相待。守在她的光芒背后，我成了微不足道的存在。

有一天，我在校电视台的一段采访里看见了小仙，她被学长簇拥着，笑靥如花地介绍着自己大学里的新生活。她说认识了好多新朋友，参加了许多新社团，学会了好多新本领，可没有一样是和我有关的。我渐渐意识到，小仙离我越来越远了。

我知道，我注定跟不上小仙的节奏。到了大二，我们几乎失去了联系，一个月里至多碰见两三次，都是匆匆打一声招呼，就各忙各的去。我打定主意要出国念书，便在大三刚开始时报名了新东方的托福班，终日架着酒瓶底厚的近视镜，手里捧着俞敏洪的红宝书，一看就是一整天。

小仙在学校里越来越红，从宣传部副部长直接竞选成了学生会主席，校报、校刊、校电视台都是小仙的专访，还代表学校去中央电视台录制了好几期大学生节目，成了电台的兼职主持人。我看着她如一颗新星一般冉冉升起，成了大家茶余饭后绕也绕不过去的高频谈资，不知是该替小仙高兴还是叹气。

因为慢慢地，大家似乎达成了共识：一个美丽女孩的成功不可能只靠努力。于是有人捕风捉影起来，言之凿凿地议论小仙和系里多名老师都关系密切，说学生会大选的时候很多部门都收到了来自上方的压力，说小仙扬名的背后有太多不可告人的秘密。

大家对小仙的态度也来了个一百八十度大转弯，以前学弟学妹争先恐后地蹭到她身边交流学习，现在避之唯恐不及。我的耳边越来越多地听到大家你一言我一语，给小仙编织了一个连我都不知道的过去。

那段时间，我一有空就去小仙宿舍找她聊天，舍友都是行色匆匆，连应付的笑容都懒得挤出，可想而知，如今的小仙处境有多艰难。

可每次聊天，小仙都还是一脸阳光，谁也打不倒自己的样子。她从不说人言可畏，只说自己还不够优秀，所以让那些怀疑有机可乘。我说，不然和我一起出国留学吧。小仙想了想，不置可否。

后来再去找她，她宿舍的人都是一脸茫然地摇头，即使是快熄灯了，也不见小仙回屋。舍友意味深长的笑让我觉得如鲠在喉，小仙究竟在干什么？她究竟在想什么？认识了二十来年，此刻我才发现，其实没什么人能真正了解另一个人，有时候，我们连自己都不清楚。

知道小仙被学校保送到美国读研是在一个下午，大家都堆在水房洗衣服，忽然有个尖利的声音从远处窜过来："哎，你们都知道吗？就那个小仙被保送到美国了。"

"哎呀，别羡慕了，你能跟人家一样豁出去吗？咱们系那老头都快当她爸了。我老看见她大晚上地从人家办公室里溜出来。"

"就是，咱们就别想了，还是老老实实学习吧，我可不想整天被人戳着脊梁骨骂。"

大家你一言我一语，没有人关注到我的脸色越来越差。我既气愤她们对小仙毫无根据的污蔑，也心酸为什么我不是第一个知道她即将远赴他乡的人。我沉着脸，低着头，抱着水盆回了宿舍。

一推门，发现小仙就坐在窗前的阳光里。她的头发早就染成了酒红色，在日头里闪着迷人的光泽。扭过头来，一脸灿烂地看着我笑："我要走了，特别来亲口告诉你。你赶紧考试，到那边去找我啊。这是小仙的命令。"

这个时候，也就小仙能笑得这么无忧无虑。

我不知怎了，突然问了一句："你为什么能被选上啊？"

小仙一下愣住了，她从没想过有一天，我也会好奇这个答案。

"你想说什么？你也觉得我做了那些人嘴里的肮脏事？"小仙立马声色俱厉起来。我低下头，不知道该怎么回答。

"大家都说，你老去找系里一个教授。"还没说完，我就后悔了。我认识小仙已经快二十年了，我们一起穿开裆裤，一起上学，一起做值日，一起喜欢"鲜肉"和大叔，我们的青春就这样久久缠绕在一起，你中有我，我中有你。而今天，我居然像那些陌生人一样，用那些莫须有的道听途说来侮辱她。

小仙的嘴抽动了几下，眼中慢慢噙满泪水。沉默了一会儿，她说："我承认，在去美国这件事上，我没有第一时间告诉你。因为我知道，你一直在努力刷题，非常辛苦，我不想让你分心。我确实去找过顾教授，也确实是他促成了我去美国学习。但我们之间不是别人想的那样。他和我妈是青梅竹马的同学，当年我爸和他是义结金兰的好兄弟。两个人说好了公平竞争，可我爸更聪明，走关系拿到了系里唯一的留京指标，向情敌证明了自己身居大都市，可以给妈妈更好的生活。顾叔叔含恨回了家乡。妈妈一直不知道这段插曲。一直到后来，我爸出轨和妈妈离了婚，顾叔叔又考回北京读博，后来留校工作，最后他和妈妈又聚到了一起。"

"那阿姨和顾叔叔为什么不能结婚呢？"我听得入了神，小时候只知道小仙的爸爸常年出差，小仙妈妈一个人把女儿拉扯大。大人偶尔也会谈到这种丧偶式的家庭关系不利于孩子成长，小仙妈妈只是笑笑，不说一句话。

"那个时候的离婚，是一件天大的丑闻，而且舆论往往对女方不利，难怪阿姨不愿承认。可现在又为什么不能和顾叔叔在一起呢？"我听得入了神。

"因为几年前顾叔叔就查到胃上长了肿瘤。一开始他没有告诉妈妈，两个人的关系一直若即若离。我有几次生气，以为他是嫌弃妈妈离过婚，所以迟迟不愿破镜重圆，有几次堵在他办公室谈判，他都一言不发，始终没有告诉我实情。后来，他开始着手收集我发表的作品，参加的节目录音，获得的各类奖项。然后帮我把所有的资料汇总发到了美国的一所大学，很快就收到了录取的消息。"小仙说到这儿，眼泪开始噼里啪啦地往下掉，"后来他告诉我，要好好努力，早日安顿下来，带妈妈到新的世界重新开始。我明白他的苦心，他不想让妈妈留在北京这个伤心地。"

我看着小仙哭红的眼睛，真恨自己没有把对她的信任坚持到最后，是我辜负了小仙。

/03/

小仙走后的第二年，我也如愿去了美国，只不过她在洛杉矶，我在纽约，我们之间隔着四千多公里，即使坐飞机也需要六个小时。圣诞节的时候她说要过来找我，但临行前又取消了行程，匆匆飞回了中国。

Facebook上她留言：愿你永安。我知道，是顾叔叔离开了。

阿姨并没有离开那座贮满悲欢离合的城市，她执意留下，想让记忆慢些褪去。小仙也没再勉强。毕业没多久，就又去欧洲读了一年艺术，最后嫁给了一同留学的德国同学，两人投飞镖，决定最后安家在新西兰。婚礼选在了闻名遐迩、美不胜收的皇后镇湖区。小仙这辈子承受了无数人疯狂的喜爱，也扛下了许多人无情的猜忌。大风大浪里，她始终相信爱，相信誓言，相信活在当下，不负青春。

婚礼结束前的扔捧花环节，我看着眼前人头攒动，站了一排联合国美女，有德国新郎的表妹，有欧洲留学的同窗，有新西兰当地的左邻右舍，小仙被众人簇拥着。这些年里，我看得最多的场景就是小仙被众人簇拥着。她天生就自带光芒，就该活在舞台的中央。

捧花在眼前绕了几圈，忽然就被一双手塞进我怀里。我定睛一看，小仙还是那个一脸灿烂的小女孩，睁着溜圆溜圆的大眼睛，对四下说："这是我最好的朋友，她必须过得幸福！"

沁鼻的花香伴着小仙温柔的话语，我和她紧紧地拥抱在了一起。

"要幸福啊。"小仙在我耳边轻轻地说。

每个人的心底都有一个名字

　　我知道在这个故事里，她有愤恨，也有怨念，像是在风平浪静的海边忽然被命运的大手一掌掀翻。可我们能去怪谁呢？即使迟迟不放手，也不能迎来新的生活。如果让我对小雨说一句祝福的话，我会说："愿未来终有一个人能让你原谅命运，笑对过往。"

/01/

　　在街角的咖啡店，我第一次见到了小雨，她在我公众号后台留言，说有很多话想对我说，又不想假借冰冷的文字。我们都在北京，细聊之下，居然住得很近，还常去同一家咖啡店看书。

　　于是我们俩裹着衣服各自冲进了寒风中。十五分钟后，我靠着微信的头像在人群里认出了她，一头栗色的长发，末梢残存着几缕烫花，看样子很久没有精心打理过了。

　　我冲她摆摆手，她眼睛一亮，脚下原本细碎的步伐急促了许多，闪过三五个人，便来到我身前，歪着脑袋说："米粒姐，你长得和我想的差不多。我是小雨。"

　　我们相视一笑，气氛比预想的还要舒适柔软。我们刚坐定，她就急着掏出钱包冲向了收银台，然后又调皮地吐着舌头退了回来，讪讪地问："还没问你想要喝点什么。"

　　可我已经本能地在观察她了。可爱、冲动又善良热情的小雨今年二十八岁，带着有些慵懒的休闲风，性格温柔随和。我还没来得及想太多，她就端着盘子微笑着回来了。

　　我们聊了办公室规则，聊了父母的期望与自己的梦想，聊了小女生间隐秘多疑的友情。然后她深吸了一口气，缓缓地说："米粒姐，其实我更想说说一位特殊的朋友，他叫楚晨。"

　　我点头，示意她可以开始。她忽然就陷入了一段潮湿的回忆，渐渐温柔的眼神里满是爱意。

　　小雨说，认识楚晨是因为一场聚会。她本以为那次聚会只有熟识的那些老友，没想到等她冲进KTV包厢的时候，迎面看见了楚晨。那是一个和她脑海中的真命天子一模一样的男人，皮肤白净，五官立体，尤其是那双明亮的大眼睛就像是一道刺眼的光芒，照得小雨无所遁形。

"米粒姐，你相信一见钟情吗？或者说有一个人让你相信这世上真的有一见钟情。那种灵魂深处蓄谋已久的呼应，是很多人可遇不可求的。那时我就在想，自己是多么幸运。"

兄弟们看到小雨失神，都开始不怀好意地起哄，其中一个朋友介绍楚晨是他公司里最要好的同事，今天带来给大家认识。昏暗的灯光下，小雨时不时就面红耳赤地偷瞄那个人一眼。

因为那时小雨是队伍里的开心果，每次聚会都负责整蛊搞笑。没过多久，大家就开始起哄让小雨唱平日里广场舞的经典曲目。小雨遇到了心仪的白马王子，说什么也不肯再出洋相。双方僵持了一阵，气氛开始有些尴尬。

楚晨一把拉开朋友，忙不迭地抢过话筒，说："那什么，要不我来吧，我也挺爱唱的。"

虽然歌词不熟，声调也不够滑稽夸张，但楚晨的自告奋勇还是赢得了一片喝彩。小雨说服自己坐到他身边去，想亲自感激一下他及时出手，帮自己化解尴尬。可刚坐下，他身旁的手机就响了，屏保上一个艳丽火辣的女孩，来电显示上注明的是：宝贝。

那一刻，嘈杂的乐声都消失了，周围一片寂静，小雨听见心里有什么东西轰然倒下。她深吸了一口气，咽下准备了很久的开场白，然后默默地退回到原来的位子坐下。

楚晨唱完了歌，在人群中四下张望。"他会不会在找我呢？"小雨的心突然狂跳起来。可这又有什么意义？小雨苦笑着背上包，头也不回地离开了。

当天晚上，微信群里加进了新成员，楚晨的头像一个劲儿地在群里闪耀。他和众人插科打诨，聊得不亦乐乎，还圈了小雨，让她赶快现身。临睡觉的时候，小雨看见楚晨发来的好友申请，想了想，还是没有同意。如果是一场注定的三人悲剧，那还不如从一开始就避免。

小雨说除了上大学时谈了一场短促的恋爱，这些年她都空窗。一方面是自己一直在进修充电，另一方面是越大越不想在没有结果的事情上浪费时间。她知道追求自己的人有些条件不错，有些人对她很好，可没有感觉地去爱，对谁都不公平。

没见到楚晨之前，小雨一直埋怨自己矫情，见过了才明白，是自己太清楚什么是爱，太明白没有怦然心动无法驱动自己的情感。可如果是在错的时间遇到对的人，究竟是幸运还是悲哀？

小雨刻意地让自己忙了几个月，又报了个肚皮舞训练班，周末还要参加英语角。楚晨的惊鸿一瞥再次提升了小雨择偶的预期，她更清楚自己喜欢什么样子的男孩。

家里人对她这种挑三拣四已经忍无可忍了。老妈经常问她："你到底要找个什么样子的？"

每次小雨都在心里默默回答："楚晨那样的。我喜欢楚晨那样的。"

/02/

说来也奇怪，越不想碰到一个人，你就越有可能碰见他。

最近，小雨借调到五环外的分公司帮忙，回家的路上居然在地铁上碰到了朝思暮想的楚晨。他背着电脑包，拿着手机，就站在不远处。小雨甚至都能看清他长而浓密的睫毛时不时地眨动。紧绷了许久的心忽然在那一刻失守了：也许可以做普通朋友哇，也许他已经和女朋友分手了。就在小雨胡思乱想的时候，楚晨看见了她。

"小雨！"从楚晨惊喜的语调里，小雨听得出对方对自己很在意。可那个电话上的备注像一根刺狠狠地扎在小雨的心里，挥之不去。

"楚晨，好久不见。"小雨极力的克制让楚晨的热情瞬间瓦解，楚晨尴尬地耸了耸肩，没好意思说下文。

两个人并肩站了一会儿，小雨实在忍不住了，说了一句："最近忙吗？"

"还好。你呢？"楚晨回应道。

偌大的车厢，两个人把一腔心事都锁在沉默里。小雨说，那时候自己很想问个清楚，但越是在乎的人，越难吐露真情实感。

虽然话不知如何说，但许久没见的两个人谁都舍不得下车。就这样，两个人肩并肩地站了一路，一直到终点。从满车厢的乘客，到只剩下他们两人。彼此的情谊也在这开往春天的地铁里慢慢澄澈分明。

到了终点，两人又乖乖地走到对面的站台，笑成一团。

小雨说，他们终于明白了彼此的心意。小雨问："你手机里备注的宝贝是你女朋友吗？"

楚晨一头雾水。

"你还记得我们第一次见面吗？在KTV里，当时你在唱歌，我看见有个电话打进来，显示是宝贝。"即使是在陈述，小雨的声音里也满是醋意。

"哈哈哈哈，那是我妹妹。"楚晨终于明白了小雨的突然离去、拒加好友，还有重逢时的故作镇静，罪魁祸首都是因为表妹淘气，给自己手机上加的这个备注。他一把拉住小雨的手说："原来是因为这个。现在我告诉你，我第一次见你，就有一种久别重逢的感觉。你的样子，你说话的语气，你害羞生气时的表情，我都觉得格外熟悉。这是不是就叫一见钟情？可是你似乎很讨厌我，无论我在群里怎么呼唤你，你都是爱搭不理。"

小雨听到楚晨对自己的表白，高兴得差点晕厥。原来最
幸福的感觉就是我心里有的，你心里也有。小雨说，那时
候，自己就像个凯旋的将军，这一战，自己终于守得云开见
月明。

此后，小雨和楚晨成了朋友圈里最恩爱的情侣，他送她
上班，接她下班，用心地给彼此制造着各种小惊喜。楚晨的
冰箱里有小雨做的苏芙蕾早餐，小雨的皮包里被偷偷塞进了
楚晨定的情侣餐券。上次出差，两人居然都去上海，前赶
后错有两天是重合的。楚晨把上海之行设计得像蜜月旅行
一般，小雨说，那段日子就算用神仙眷侣来形容彼此也不
为过。

8月是楚晨的生日，小雨想，这是两个人在一起后过的第
一个生日，一定要给楚晨一个大大的惊喜。那个周末，正好
是楚晨和朋友训练三人篮球的日子。楚晨和小雨约好了晚上
一起吃饭，小雨装作毫不知情的样子，一口答应。等楚晨前
脚一出门，小雨就偷偷溜出门，去取之前订好的蛋糕。

小雨特意选了一个草莓桃心的蛋糕，生日牌上写着永远
爱你。这是小雨对楚晨最虔诚、最炽热的宣告，她知道自己
一定能做到。

球场在东五环外，小雨赶过去的时候，正看见楚晨和队
友正练得起劲。她已经和其中一个朋友串通好了，等她带着

蛋糕一到，就按原计划进行。

首先是熄灯。楚晨运球刚要投篮，突然灯灭了，他一脸诧异。就在大家面面相觑的时候，小雨点好了蜡烛，推着借来的蛋糕车从外面缓缓地走了进来。球场内响起了悦耳的歌声，是小雨提前用尤克里里（夏威夷小吉他）弹奏的《生日快乐》。楚晨感动得冲到小雨面前，一下把她抱在了怀里。掌声四起。

第二天，楚晨就带着小雨去见了父母，楚晨的爸爸是个军人，妈妈是老师，和蔼可亲。小雨说，那段时间自己觉得好像活在粉红色的梦里，周身都是暖暖的爱情香，让她迷醉不愿醒来。

求婚、定亲、买房、装修，就连传说中难缠的亲家关系、婆媳感情，小雨都处理得十分得当。小雨说所有的事情都顺利得像美好的童话，眼看她和楚晨就可以过上王子公主那般美好的生活，对于这点，她从没有怀疑过。

/03/

小雨晕倒的时候，楚晨还在上海出差，他让妈妈赶到医院帮助照顾。于是，这位平日里温柔善良的准婆婆，提前住进了小雨和楚晨的新房。等到小雨的父母赶过来看她的时候，小雨早就活蹦乱跳地出院了。在准婆婆的命令下，她做了十几道检查，胳膊和手背都扎肿了，抽了好几管血，拍了各种X光，可还是找不到晕倒的原因。

婆婆不甘心，又拉着她遍访中医，也查不出个所以然。我们都以为是这位准婆婆特别担心小雨的身体，可慢慢就觉出不对劲了。楚晨周末出差回来，立马被他妈妈没收了手机，软禁起来，关了两天才借着上班逃出来。

本来小雨在结婚前要给楚晨办一个隆重而煽情的单身派对，但这一晕，竟然把一切都改变了，公公婆婆突然旗帜鲜明地反对两人的婚事，而且态度极其坚决，婚期被迫一拖再拖。

准婆婆说了，每个医生都闪烁其词，不能判定小雨晕倒的原因，这就是一颗重磅炸弹，你不知道什么时候会把这个家炸得稀巴烂。楚晨是她三十五岁九死一生才得的独子，作为妈妈，她怎么能看着楚晨的生活里飘着一团不可预知的阴影？天下女孩那么多，怎么能千挑万选，娶个有病的媳妇回家？好，就算暂时不会复发，可始终不能确定是什么病，谁也难保以后会怎样，又会不会遗传给下一代。此时的妇人之仁会害了这个原本风平浪静的家。不如趁着没结婚没孩子，赶紧分开，长痛不如短痛。

说这话的时候，婆婆动情地拉过小雨的手，含着泪说，孩子，你现在不懂，等你将来也有了自己的孩子，你就明白一位母亲的苦心。求求你，你要真的爱楚晨，你就离开他。

　　小雨此时泪流满面，泣不成声。

　　为什么，准备就绪的婚礼被莫名其妙的一次晕倒打败了？为什么，曾经和颜悦色、母女相称的婆婆突然就成了陌路人？为什么命运要这样折磨相爱的人？在一起是为了爱，分开也是为了爱，可是真的相爱，怎么可能说分开就分开？

　　婆婆看软的不行，就像电视剧里一样，恨不得一天二十四小时把户口本拴在裤腰带上，还去小雨的公司找领导谈，想从官方给小雨施加压力，可是人家领导也一脸苦笑，这员工的私事我实在也无权干涉呀。还去找楚晨谈，先是晓之以理、动之以情，让楚晨想想小雨越来越严重怎么办，万一生下了不健康的孩子怎么办，想想自己原本轻松自在的一生有可能会被拖累怎么办。可是楚晨表态，没发生的事情我们不能随意推断，不能因噎废食，不能因为害怕了就放弃爱。最后婆婆只能说，如果你选择了媳妇，离开了这个家，我就和你爸死给你看。

　　楚晨被折磨得日渐消瘦，小雨更是生不如死。没想到自己这场莫名其妙的晕倒竟然成了爱情与婚姻间无法逾越的鸿沟。一个幸福待嫁的准新娘就这样一下子从天上摔到了地上。

　　那段时间，她和楚晨玩命地去医院检查，开证明，可没有一家医院能为她的晕倒提供准确的官方解释。他们又回家苦苦哀求双亲，希望能得到理解与支持。可婆婆义正词严，以死相逼，不拆散他们俩绝不罢休。

楚晨孝顺，不能正面忤逆父母，也不敢搬出去伤了父母的心，只好和小雨转到了地下。

小雨说："那段日子，两个人为了多待一会儿，先是去看电影，去KTV，后来又办了各种按摩卡、足疗卡，曾经幸福温暖的生活被那次莫名的晕倒彻底毁灭了，成了有婚不能结，有家不能回。"

我知道，这一定不是故事的结尾。楚晨的父母誓死反对，这种阻碍一般人很难无视。果然，讲到这里，小雨低着头，眼圈泛了红。

后来，楚晨的妈妈因为心脏病住了一次院，楚晨仿佛一下子老了十岁。他开始不怎么回小雨的微信，也很少再主动联系小雨。他疯了一样地加班，申请去最艰苦的城市历练，小雨说："最长的一次我们有五个月都没见面。我知道他在慢慢放手，慢慢妥协，慢慢习惯着忘了我。"

如果看不到未来，你还会奋力争取吗？小雨黯淡的目光里闪过一丝酸楚，不仅是楚晨，其实小雨也已经接受了命运的嘲弄，不知不觉中开始说服自己接受楚晨的离去。

小雨说，现在的我们，已经很少联系了。那种为了爱玉石俱焚、身心疲惫的日子自己再也过不起了。空窗的那段日子里，也有几个追求者前赴后继，可小雨说，别听有些人说什么不想谈恋爱，多少单身是因为心底埋着一个不可能的名字。

　　目送小雨离去，任凭她再怎么谈笑风生，转过身去，都是一个凄楚落寞的背影。我知道在这个故事里，她有愤恨，也有怨念，像是在风平浪静的海边忽然被命运的大手一掌掀翻。可我们能去怪谁呢？即使迟迟不放手，也不能迎来新的生活。如果让我对小雨说一句祝福的话，我会说："愿未来终有一个人能让你原谅命运，笑对过往。"

我真的不会爱你

在我心里，这世界上没有一个人比小满好看，这世上也没有一朵花比小满芬芳。我知道这样很傻，但我愿意用这世间所有的不可能去换一个心心念念的肯定。

/01/

我叫旭东，从小到大只喜欢隔壁班的校花小满。

有多喜欢呢？这么说吧，在我心里，这世界上没有一个人比小满好看，这世上也没有一朵花比小满芬芳。从九岁那年搬到小满家隔壁，我每天早上都要和小满一起上学，但我从来都不告诉她，每次都是等她出门后，蹑手蹑脚地跟在小满身后，小满走，我就走，小满停，我就停。有时小满会突然发现我这个小尾巴，吓得花容失色，可是我就是喜欢闹她，看着她生气、娇嗔、发怒，甚至打人，我都开心。有时候小满的拳头会像雨点一样砸在我日渐坚硬的胸膛，但我从来都不躲，因为我喜欢小满做的一切。

初中的时候，大家都直升上了本校，可惜我还是没能和小满去一个班。相熟的兄弟都知道我的心思，他们像一张大网，密密地把我和小满织进去。小满上厕所，他们就跑去告诉我；小满留下做值日，他们就通风报信让我去帮忙。总之，有小满的地方，我就一定要及时出现，肆无忌惮地向众人宣告领土主权。

可惜我俩成绩太过悬殊，考高中的时候，她去了我们那片最好的重点学校，校门口挂着重点大学的录取通知书，长得看不见头。而我使出吃奶力气才刚刚考过普高的分数线，注定只能向学渣讨一点尊严。返校那天，我心情特别差，见到小满两次，但实在没脸再纠缠。回家的路上，小满一颠一颠地跑过来，满脸通红地塞给我一封信，惊得弟兄们乐成一团。

我捏着这封信，迟迟没有胆量打开。

回到家，我一个人呆坐在小屋里，日光一点点地爬过小院，回过神来，四周已是漆黑一片，就像我懵懂迷茫的未来。我想学什么呢？我能干什么呢？我的梦想究竟是什么？每一个问题都没有答案。我慢慢打开灯，小心地撕开信封，小满娟秀清新的字迹跃入眼帘，她写了密密麻麻四五页的长故事，讲了自己的父亲如何从山村的神庙里一步步读书奋斗，最终考上了中国顶级的大学，成了某个领域的佼佼者。不知是不是因为写作的人是小满，每一个字我都读进心里去了。我热血沸腾，发誓要向小满爸爸学习，成为小满心目中的大英雄。

突然，在信纸的最后，我看见小满写了一行话，她这辈子的理想是去法国巴黎读服装设计。希望我振作士气，有机会和她相聚在那里。

我一下觉得明天不再遥远，我有了小满，就有了人生的方向。那天晚上，我捧着那封信，心满意足地睡着了。

/02/

第二天，我爬起来就去找小满，却不知为什么在她家门口看到了另一位竞争者。

那是一个个子高高的帅小伙，足足超了我一头。小满刚出门，帅小伙就黏上来了。我眼睁睁地看着小满和那个"高竹竿"走远了，出了巷口。我的胸口被妒忌的火焰烧得生疼，咬着后槽牙，背上书包一溜烟地追了上去。

现在的我就像愤怒的喷火龙，满脑子里全是烧死"高竹竿"！烧死"高竹竿"！我一路尾随他们，却始终保持着很远的距离。有几次我看见小满紧张兮兮地回头，好像在张望什么，但我始终没有露头。我心里一腔怒火：真可恶，前脚给我写信，第二天就约别人，真是人不可貌相。

我立马召集了几个弟兄想报复"高竹竿"。我忘了自己个子小，还没到一米六，也顾不得什么校规校纪、法律条例。我就是觉得眼前就是刀山火海，我也一定会义无反顾地消灭对手。阿坤打听到那个"高竹竿"是八中高中学生，我们几个约定一放学就冲到八中门口围堵，一定让他吃一点儿苦头。可是等了半天也没见"高竹竿"出来，我们几个不知道敌人是哪个年级、哪个班级、叫什么名字，连问都不知道从何问起。眼见时候不早了，大家只得蔫头耷脑地回了家。

谁知刚到街口，我眼前一亮，正看见"高竹竿"鬼鬼祟祟地往巷子里张望，我立马攥紧了拳头，从后面飞奔过去，一拳打在了"高竹竿"的后背。

"啊！"一声凄厉的惨叫。"高竹竿"回头看见一个红着眼睛、怒气冲冲的半大孩子，愣了一下大叫："你谁呀你？"

我不容分说，上去就是两脚，可是都被"高竹竿"躲过了。电视里香港武侠片都是这样演的，我脑海里各种大侠的武林招式像连环画一样涌了出来，可是都没用，对方只一拳，我就趴下了。

之后是好多人的尖叫，最后那声闷闷的是小满的。

小满跑出来，从地上抱起软绵绵的我，不停地摇晃着。"高竹竿"吓得跑远了。我看着小满担心的红眼圈，心里一阵酸。

"没……没打赢。"他流着鼻血，不好意思地说。

小满的眼泪就这样啪嗒啪嗒地落了我一脸。

"你干吗要打架呀？"小满有些生气地问。

"谁让他追你！"我扬着脸，凶巴巴地说。

"什么呀，那是我爸朋友的孩子，刚从外地转学过来的，我爸让我带他多熟悉一下环境。"小满说道。

我顿时如霜打的茄子，再不敢多说一句话了。弟兄们把我搀回了家，我羞得几天都不敢露面。

临开学的时候，我家门缝里塞进了一个信封。我猜到是小满，激动地捡起来，轻轻打开一看，白白的纸上一个字也没有，只是用钢笔清清楚楚地画了一个圆圆的笑脸。弯弯的眉眼，上扬的小嘴。我看着这张笑脸，心里舒服极了。小满就是这样的女孩，不用任何的说教和安慰，她有她的方式，用她的温度瞬间让你融化。我什么也没说，把这张小纸规规矩矩地夹到书里。我心里默念：一定要发奋图强，追到巴黎继续做她的保护神。

可没想到的是，等我苦读三年，来到巴黎的时候，却再也没有了小满的消息。

　　我试过发电子邮件、在人人网留言、发动所有的校友寻找小满，但没有人知道小满的现状。有人说她父母离异，她回去和奶奶生活了，有人说她高考失利，在外地复读，也有人说她好像出国了，但不知去了哪里。

/03/

　　这三年，我的目标就是小满，她像一根风筝线，始终牵引着我的方向。我确实去了法国，但不是因为我"屌丝"逆袭，真的成了学霸学神，而是我父亲有机会到巴黎工作，我们一家才有机会出国。这份荣耀与我无关，更何况，法国的生活一点儿也不好。

　　我一开始什么也听不懂，满耳朵都是"蹦猪"（类似法语"你好"的音），猪怎么会蹦？真可笑！可是学校里中国学生真的很少。大家对我充满了好奇。最可笑的是，在国内，我的数学从来就没考过年级前十，可是法国老师说，就算进了研究所，我都不用再上数学课了。

　　妈妈去了一家中国餐馆刷盘子，很辛苦，而且挣得也不多。我们的家安在了十三区的一幢破旧公寓里，里外套间，没有院子，只有个吱吱扭扭的电梯，而且这里的邻居都不说话，再也没有人端着大碗把下午新炖出来的红烧肉满巷子推销。在这里，我们全家人都需要从头开始。

慢慢地，我开始在家里也说出"蹦猪"了，再后来，我有了几个新朋友，可我始终没找到小满。我隔一阵子就会给小满的旧地址写信，虽然我从来没有接到过任何回复。

我的台灯罩上贴着的是小满给我的笑脸，写字台下压着的是初中春游时我们年级去北海公园的门票存根，还有很多带着小满气息的琐碎东西。在不知不觉中，我长到了足足一米八，鼻梁上多了一架黑框眼镜，性格也开朗了很多，是学校篮球队的主力。我知道岁月带给了我太多的改变，可是有些东西是埋在心底，永远也无法改变的，就像我对小满的思念。

妈妈从洗碗工自学成了会计，在中餐馆里成了老板娘的心腹，工资也翻了倍。吃饭的时候，妈妈喜不自胜地告诉了大家这个好消息。

"要不，妈给你买双新耐克？"老妈扭过脸，看着我。

"我想回中国。"我没抬头，满口饭粒。

"Jeff！"楼下有人在叫我。

我看了一眼，跑下了楼。

"干吗去了？"老爸在厕所吼道。

"街舞……"妈妈边洗着碗边说，"你没看见哪，街区口一堆孩子在跳。"

可那次我却是负伤回来的。

我的鼻子被打出了血，眼底一片淤红。在老妈的尖叫声中，我瘫在了床上。

"这是怎么了……"妈妈着急地扑过来。

"没事，来了一伙黑人。"我胡乱拿纸塞住了鼻孔，平躺在床上，眼睛死盯着天花板。

再也没有那样的感觉了，我回想起了那个黄昏，小满疯一样地抱着自己，用小小的身躯、混乱的频率震动着自己。她的泪那样滚烫，如雨点般滴落，噼里啪啦的，带着小满的味道和体温。想着想着，一大滴泪从眼角滑落，哧溜被枕巾一口吞下，快得连妈妈都没有发现。

"来，上点儿药。"妈妈颤颤巍巍地拿着药箱。

"没用的，治不好了。"我扭过脸，"我困了。"我又想起了最后一次看见小满的场景。她那温柔又凄凉的微笑，越来越意味深长，成了我心底最深的一道伤口，永远也不会消失。恍惚中我又回到了小时候住的那条巷子，小满走在前面，边走边在右侧的墙壁上弹着琴，葱白一样的手指灵活地在方砖上跳动，我紧紧追着，一步也不敢松懈。空气里全是小满的发香。

忽然，一个转角，小满消失了。

叮叮当当的音乐还在继续，我疯一样地左顾右盼，拼命叫着小满的名字，可是喉咙像被什么堵住了，一点儿声音也发不出来。我一使劲，腾地醒了，回过神来已经是满身大汗。

04

见到黄胖胖那天是个周五，学校里新生就学，非常热闹。大家都传大一有个马来西亚姑娘叫黄胖胖，成绩了得，认识后才知道胖胖并不胖，是个有着健康的小麦色、一头利落短发的漂亮姑娘。

"蹦猪，Jeff。"这是黄胖胖第一次主动和我打招呼。

那时候我眯着眼睛，抬起头来才发现自己居然在图书馆里睡着了。

"干吗这么拼？"黄胖胖一口地道的中文。

"啊？你会说中文？"我惊呆了。

"我妈是中国人，而且马来西亚华人占全国人口的百分之三十呢。"黄胖胖得意地说。

"噢。"我撸了一下头发，使劲地睁了睁眼睛。

"你还没回答我，为什么那么拼命？"黄胖胖穷追不舍。

"为了小……时候的梦想。"我知道我差点儿脱口而出的是为了小满，但是实在没必要和一个陌生人说那么多。我合上书，礼貌地告别。

这学期开始，家里条件好了很多，老妈不想让我奔波，就让我住在了学校的宿舍里。每天节省了不少时间，可以去图书馆看看书。

这天，我刚洗漱完毕，黄胖胖在窗户外大叫："Jeff？"

"叫谁呢叫？"舍友伸出个脑袋，冲着楼下张望。"哦……辣妹呀。"他们都不怀好意地盯着我，念叨着胖胖的身材实在火辣。

我边穿上衣边向下看，黄胖胖一身超短连衣裙穿在身上，紧绷得跟保鲜膜似的，怨不得别人流鼻血。我莫名气愤，回了一句："干吗？"

"你没死呢？两天了，你都不起床，干吗呢？"这种隔空喊话安全系数极低，隐私全暴露，舍友听了，连忙阴阳怪气地搭腔："哟，美女，你怎么知道他没起床啊？你看见了？你是不是在我们宿舍按了摄像头哇？"

黄胖胖一脸尴尬，在楼下跺着脚骂人。

等我下了楼，站到黄胖胖面前，才真的意识到辣妹的威力。已经初秋了，可是黄胖胖还是一身夏装，深V的紧身裙露出她小麦色的健康肌肤，看得我也是血脉喷张。

黄胖胖的脸一红，露出少有的小娇羞。我也意识到自己的失态，挠着脑袋不自然地扭到了一边。

"我想找你吃饭。"黄胖胖低着头，小声说。

"哦……好……好吧。"我结结巴巴地回答。

校园里人来人往，我骑着车，带上黄胖胖奔食堂去了。黄胖胖忽然把手环在我的腰间，我一个急刹，她的脸咣地一下撞到了我坚硬的脊柱上，顿时吱哇乱叫起来。

"你干吗呢？"黄胖胖伸手打在了我的后背上，捂着脸从后座上跳了下来。

"胖胖，我真的不会爱你。"不知为什么，这话一说出来，我就不敢再看她的眼睛。

"为什么？"胖胖忽然蹲下身，一脸无助地问。

"因为，我从小就喜欢一个女孩，她温柔善良，总是鼓励我，帮助我。如果不是她，我根本没有勇气来到异国他乡。我每个周末、每个假期都会在巴黎四处游荡，因为我在等她。"

"那，她在哪儿？"胖胖好奇地问。

"不知道，我不知道她在哪儿，但我相信总有一天，我会找到她。"我看着远方，想起了小满温柔的笑脸，忽然觉得这一天也许很快就会到来。

胖胖还是很关心我，但她明显收敛了很多。有时她闲了，就陪我一家咖啡馆一家咖啡馆地搜寻，在墙壁和留言簿上学着我的样子写小满的名字，连教堂里的许愿簿都变成了我们寻找小满的联络点。

我知道胖胖尽力了，她不和我的记忆较劲，不与我的青春为敌，她就这样默默地陪着我疯，像我一样无怨无悔地等一个未知的结果。

"你真的不会爱我？"每年圣诞节，她都会小心翼翼地来问一次，一年里只这一次。她精心打扮，盛装出席，她期盼的眼神让我心酸不已。

我不知道怎么和胖胖解释，我是Jeff，但我更是旭东，从小到大只喜欢小满的旭东。

有多喜欢呢？这么说吧，在我心里，这世界上没有一个人比小满好看，这世上也没有一朵花比小满芬芳。我知道这样很傻，但我愿意用这世间所有的不可能去换一个心心念念的肯定。

爱情回来了，好好拥抱吧

我就是这样一个生猛大义的北京姑娘。走路虎虎生风，干事风风火火，我一直觉得这保一方平安的泼辣性格无伤大雅，没想成了恋爱的路上最大的绊脚石。

/01/

我从小好强，一路过关斩将，没想到栽在谈恋爱这条路上。

我叫陈安，是家里第三代中第一个出生的。我父母也都是老大，底下弟弟妹妹众多，我从小就替叔叔阿姨照顾孩子，这一看就看了二十年。

表弟逃学，是我去网吧揍他。

表妹早恋，是我苦口婆心把她劝回家。

甚至三姨和三姨夫打架后吵着要自杀，也是我在千钧一发之际夺下了菜刀。

我就像个门神，手执斧钺，驱邪纳祥，活成了全家人的保障。直到现在，弟弟的同学都还凑在一起调侃他："当年要不是安姐一战成名，举着扫帚帮你打架，你小子哪有日后的太平日子过呀。"

是呀，我就是这样一个生猛大义的北京姑娘。走路虎虎生风，干事风风火火，我一直觉得这保一方平安的泼辣性格无伤大雅，没想成了恋爱的路上最大的绊脚石。

大二的时候，我认识了子初。他是中文系里鼎鼎有名的才子，到处都是他的文章，各系的女生都把他当作精神领袖。可一开始我并没在意，还代表数学系和子初在校辩论赛上激烈交锋，成功地引起了他的注意。那时他正在组建校级辩论队，大有相见恨晚的意思。比赛刚一结束，他就跑过来要我的联系方式。

那时候我还没有手机，但我一笔一画地把宿舍号和电话写在了子初的记事本上，还特别叮嘱他别在晚上9点打，那时间是下铺莉莉和异地男友煲电话的法定时间，宿舍里谁也不能占用电话，否则人挡杀人，佛挡杀佛。

子初听完，哈哈大笑，他站在礼堂外面的落地窗下笑得那样灿烂，阳光洒在他清俊的面庞上，修长的手指时不时撩起耳畔的碎发，我看得面红耳赤，小鹿乱撞。

"那就这么说定了呀，我回头联系你。"远处有几个男生大喊子初，于是他背着包，急匆匆地跑了。我站在原地，就像一池春水涟漪荡漾。

我脑海中闪过无数个甜蜜的画面，直到舍友娜娜粗鲁地拽着我回宿舍去吃泡面。她一路絮絮叨叨地说这几天宿管阿姨抽风得厉害，经常在饭点突袭我们，已经没收了四个小火锅和六个"热得快"，必须赶在大部队返回前先煮面，省得到时候又断电。

"可是现在才四点多呀。"我一边抱怨，一边被她推搡着进了宿舍楼，脑海里全是子初的笑脸。

/02/

第一天，他没打来电话。一小时过得就像几天一样煎熬，我真后悔为什么自己这么把子初的话当回事。也许他只是随口一说呢，也许他已经把我的电话弄丢了呢？而我还在这里傻傻地等待。

第二天我一赌气，在教学楼学到熄灯才回宿舍。刚进门，就看见娜娜眉飞色舞地冲过来说："哎呀，你的子初打了好几个电话来呀，找不到你好着急呀。"

我激动得一把揪住她的辫子想问个清楚，结果被她吱哇乱叫地修理了好一顿。之后才从桌子上抽出一张字条，上面清清楚楚地写着：明天晚上6点，教学楼门口见。

我手里攥着这张约会的"入场券"，心花怒放，赶紧从柜子里翻出最好看的衣服，在镜子前比画起来。

"行了，你那件衣服有些旧了。我新买了一条牛仔裙，可好看了，明天借你先穿。"娜娜从衣架上摘下一条裙子，递给了我。小莉也爬起来非要给我化妆。姐妹们热热闹闹地洗漱完，上了床，只有我，心里像揣着一只小兔子，七上八下。

第二天，刚过午饭，舍友就都陆续回来了。这个帮我梳头发，那个借我高跟鞋，一副众志成城的样子，弄得我压力巨大。于是她们在我头上脸上叮叮咣咣了一下午，最后我看着镜子里的自己，脸有点儿白，嘴又太红，担心得皱起了眉毛。

"别怕，我最清楚直男的审美了。"小莉拍着胸脯说，"你看我那帅气的男朋友多爱我，对不对？"

我连忙点头如捣蒜，不管怎么说，比起我这个菜鸟，这位有着四年成功恋爱经验的前辈更值得信赖，也许我的担心是多余的。

于是，我踩着恨天高，挺着烈焰红唇奔赴约会的场所。

一到那儿才发现，原来子初一共约了十来个人，说是一起讨论组建校辩论队的事情。大家看着我一步一崴地走了过来，全体惊呆了，尤其是子初，愣是盯着看了两分钟才认出我来。

这场用力过猛的约会成了全宿舍的反面教材，大家因为愧对于我，轮流给我打了三个月的热水。可我心里还是很难过，埋怨自己又蠢又笨，连约会都不会。

因为羞愧，我也强迫自己不再见子初，虽然他盛情相邀，力荐我当校辩论队的主力，可我再也没敢赴约。他打过几次电话来好言相劝，但我心里一直有道迈不过去的坎儿，只要想起他，就会想起自己那副傻模样，又气又悔。

那天中午，我从教学楼出来，正好赶上子初下课，被众人簇拥着走出来，我看着他在女生敬仰的目光中高谈阔论，一阵恍惚，觉得自己从来就没有真正认识过他。

晚上回到宿舍，我把当时娜娜给我的那张字条撕了，上面写着：明天晚上6点，教学楼门口见。这是我梦开始的地方，也是它破碎的地方。

/03/

之后的两年里，我再也没有见过子初。娜娜和物理系一个练长跑的特长生恋爱了，几乎每周都上演分手大战。他们能在学校的各个地方接吻和吵架，操场、食堂、自习室、教学楼，你能想到的地方，他们都敢染指。而且一吵架就分手，一分手就要互还礼物。衣服、唇彩、皮带、篮球，我成了中间人，每周都要扛着这些零碎上楼下楼。

小莉和异地的男朋友分手了，其惨烈程度一直在我心里高居榜首。她买不上火车票，站了八个小时，赶到男朋友的学校就为了亲口对爱人说一句"生日快乐"，结果刚到他宿舍楼下，就在车棚里逮住了和学妹抱成一团的男朋友。

小莉说，那一刻她表现得出奇的平静。她觉得体内像是有一座巨型火山喷发了，岩浆灼得她五内俱焚，浑身疼痛，连眼泪都是滚烫的。可她没在男友和"小三"的面前哭，她甚至都不想知道他们是什么时候开始的，她和男友心领神会地对视了几秒，就完成了分手的所有仪式。可是每天晚上的9点，她还是会呆坐在电话旁等，等那个爱了四年的负心人再打最后一个电话来解释，来求饶。可惜她一直都没有等到。

小莉说，她就想知道自己哪里不好，就想知道一个答案，给这场抛弃画上一个句号，让她的爱情盖棺论定，入土安葬。可现在，她就像是在高空展翅飞翔的风筝，忽然被人剪断了线，跌跌撞撞，一身残破地戳在了某个枝杈上。

我常在想爱情究竟是什么物质，是多巴胺，是荷尔蒙，或者只是一阵风一场雨。热恋的娜娜说爱情是暖身的烈酒，失恋的小莉说爱情是葬魂的冰水。而我，只是一个还没有进场就开始害怕的小白。

拍毕业照的那天，我收到了一份意外的表白。班里有个很闷的男生叫宇坤，他突然给我发了一条短信，说大学四年里，最难忘的就是和我在一起聊天。

我努力地想了很久，也记不起来他说的是哪一次，甚至都开始怀疑他发错了对象。

晚上回到宿舍，娜娜提醒我："是不是大二学校组织春游，你们俩迷路了然后一起回来的那次？"我坐在床上想了半天，忽然记起确实有这么一回。学生会组织爬灵山，我和娜娜她们走散了，着急了半天。幸好后来遇上了宇坤，他一路话很少，只是默默地跟随，遇到险路就伸手扶一把，看见陡坡就抢先走一步。

"我们没聊什么呀。"我一边铺床，一边念叨。

小莉无奈地回答："遇到暗恋的人，就是会不断放大她的行为、她的影响，就是会产生想象、产生幻觉。不断给对方加戏，不断粉饰记忆，最后连本人都不知道是真是假。"

娜娜说："你不知道你说话的时候特别有魅力吗？字正腔圆，一本正经，还特别有趣。"

"有吗？"我刚一发问，宿舍的床铺旁就伸出了好几个小脑袋点头。

这段插曲很快就在我的不回应下翻篇了，宇坤再也没和我联系过，但他的表白给了我信心，让我有勇气从那场湿漉漉的挫败里爬出来，重新评估自己。

/04/

毕业后我留在实习的中学里当了数学老师。父母曾经想给我介绍对象，可都被拒绝了。一年后，娜娜辞职开起了宠物店，很快就发家致富，和特长生男友奉子成婚。我被要挟着做了伴娘，因为怕耽误时间，所以结婚的头天晚上睡在了娜娜宽敞明亮的大新房里。

晚上，我摸着她圆滚滚的肚子笑个不停，想起当年她风雨无阻地用生命在吵架，可最后开花结果，圆满收官，而小莉的男友每天都和她甜言蜜语，背地里却暗度陈仓，最终分道扬镳。我和娜娜感慨万千，叹世事无常。

"你怎么样啊，还有子初恐惧症吗？"娜娜狡黠地问我。

"哪有什么恐惧症啊，根本没有联系了好吗。"我一边捻着头发，一边唠叨，"谁知道他现在在干吗呀，说不准早就结婚生子了，有了小子初了呢。"说到这儿，我不由得咯噔了一下，这么多年了，心里还是有一道疤。

"所以，你还是忘不了他？"娜娜看出了我的难受，小声地问我。

"行了行了，我们不说这个了。我明天就是跟着你的流程走了，对吧？"第一次当伴娘，我心里还有些紧张。

"对，司仪会说的，请伴娘拿上戒指什么的。你支着耳朵听一下就行。"娜娜虽然很兴奋，但孕妇特别容易疲劳，说好的一起熬夜，她的上下眼皮已经在打架了。

"还有，那个伴郎……"娜娜嘟囔了一声，就沉沉地睡着了。

第二天一早，迎亲的队伍就热热闹闹地往里冲。楼道里的大铁门被姐妹们死死地守住，小莉把第一关，我陪娜娜留在卧室里，镇守最后一关。

我在屋里一会儿给她补补妆，一会儿问她喝不喝水。隐约听见门外一会儿唱歌一会儿哀号，看来是把新郎及亲友团折腾得很惨。我和娜娜对着眼神嗤嗤地笑。

感觉门外的声音越来越大，脚步声也越来越乱。

突然啪啪几声闷响，原来大部队已经攻克了前面几道关卡，来到了娜娜的闺房。

我连忙冲上前，鼓起勇气大声喊："不要吵，回答对了问题，我就放你进来。"

我举着娜娜给我写的小字条，一个一个地问，什么结婚后谁洗碗哪，恋爱纪念日是哪天哪，以后挣的钱都给谁呀……我一边问，一边暗笑，这哪有什么技术难度哇，分明就是变相秀恩爱呀，甜死了。

"好了好了，都答对了。塞几个红包，我给你们开门。"我看着笑弯了腰的娜娜，心想吉时不可错过，还是赶紧去饭店吧。

忽然一个奇怪的声音传来："先别开门呢，我想问伴娘几句话。"那声音好像很熟悉，可又想不起来在哪儿听过。

门外瞬间就安静了。我看着娜娜，娜娜冲我微微点头。

我以为是家里闹伴娘的风俗，便怯生生地答应了一句："好吧。"

"在你心里，有喜欢的人吗？"对方第一个问题就把我难住了。然后我听见外面有人起哄，叫嚷着"说实话，说实话"。

我心一横，反正就是个玩笑嘛，这种场合说什么也不丢人，就当是活跃气氛吧。于是我说："当然有啊。"

"那你们为什么没在一起？"那个熟悉而诡异的声音又出现了。

"因为，我觉得他很优秀，身边有很多女孩儿，根本不会注意到我的。"我实话实说了。

"可如果他在辩论赛上对你一见钟情，要了你的电话，又怕做得太明显被你拒绝，只好叫来一大堆人陪他和你约会呢？如果他也是一个不善表达感情，刚想鼓起勇气就看见春游时你单独和别的男生一起回来呢？如果他一直留着你的电话，一直记得你的模样，一直想和你在一起呢？"我听到这里，脑子像被人劈了一下，整个人都傻掉了。

我慌忙打开屋门。是的，就是子初穿着伴郎服站在我面前。真的是他！

我的眼泪一下子就涌出来了，他还是当年那副壮志满怀的模样，在落地窗下笑得那样灿烂，阳光洒在他清俊的面庞上，修长的手指时不时撩起耳畔的碎发。

这到底是怎么回事？我一脸疑惑地看着娜娜。

娜娜说，上学的时候，她男朋友和子初就经常在一起踢足球，前段时间他们俩又因为业务关系联系上了。她男朋友问子初为什么一直没找女友，子初说大学的时候被一个女生拒绝后就再也找不到让自己动心的人了。细聊之下才明白，原来子初和我之间有这么多没有言说的深情，于是她和老公决定给我俩一个机会，当面解释清楚。

我和子初终于明白了各自的心意，相拥在了一起。不争气的我哭得稀里哗啦，上气不接下气。我回头看着娜娜，她和小莉都眼圈泛红地看着我，轻轻地说："小傻瓜，你的爱情终于回来了，好好拥抱它吧。"

有能力爱自己，有余力爱别人

　　我们都手忙脚乱地深爱过别人，也手忙脚乱地迷失了自己。如果说爱是一种能力，这其中最重要的部分，一定是如何爱自己。我希望时间就这样停在此刻，希望你为了自己、为了爱情燃起的熊熊烈火永远不要熄灭。

/01/

　　2014年的冬天，对于小西来说特别漫长。

　　她叫顾小西，是我的初中同学兼最好的闺密。五年前，她在父母的撮合下和罗阳相识，交往了几个月，各方都很满意。小西呢，更是开心得合不拢嘴，在她眼里，罗阳什么都好：相貌堂堂，温文尔雅，又在银行系统工作，前景可观，收入稳定。简直就是小西梦寐以求的白马王子。

罗阳求婚那天，正好是小西的生日。她精心打扮了许久，等了两个多小时才接到罗阳的电话："快出来吧，我到了。"小西欢欢喜喜地跑出楼门，迎接她的是一大捧红玫瑰，她当时震惊了，捂着嘴笑得差点儿抽筋。罗阳温柔地揽过她说："除了生日快乐，我还想说——嫁给我，好吗？"

那段日子，是小西最开心的时光。他们热热闹闹地装修新房、买车、选戒指、摆酒席。小西觉得自己能嫁给名副其实的梦中情人，绝对是世界上最幸运的女孩。

小西是中学的美术老师，不坐班，相对清闲。婚后，她就每天买菜做饭，洗衣墩地，心甘情愿地做起了贤内助。

于是，在罗阳推杯换盏、拓展人脉的时候，小西却在家精细地扫地、擦桌子。罗阳在外地开会、团建的时候，小西在家狼狈地拆洗油烟机、收拾衣物。

等到罗阳升职到了VIP客户经理，小西正好怀上了宝宝，课程不多，就开始休假了。

罗阳的工作越来越忙，除了工作日的朝九晚五，每周六还要陪领导打桥牌、打高尔夫，风雨无阻。小西自从怀孕，身体就各种不舒服，休产假，去筛查，去检测，每周都马不停蹄，不是在医院，就是在奔赴医院的路上。

　　等小西咬牙生下了儿子，家务事一下子比之前多了数倍，孩子的吃喝拉撒睡。都是大问题，陪玩、喂奶、哄睡、用品消毒、洗澡洗衣，都成了小西的法定任务。

　　可是越不让男人参与，他越觉得这些事情都应该老婆去做。罗阳说，晚上他不能熬夜，因为早上还要上班。周末他必须睡懒觉，不然他下周缓不过来。于是小西只好辞了职，彻底成了全职妈妈。她就这样终日沉溺在鸡毛蒜皮的家务事中不可自拔。买东西要精打细算，看孩子又劳心伤神，慢慢地，小西的皮肤暗沉粗糙，情绪也特别急躁。

　　我们几个朋友去看过她几次，她的状态都不太好，说不上几句话就开始抱怨最近她正在大把大把地掉头发。以前偶尔遇到罗阳回家，无论多累，他都会坐在一旁陪我们聊一会儿，闹一会儿，等夜幕降临，罗阳再一个又一个地把我们送回家。

　　后来再看到罗阳，多是疲惫不堪地躲进屋里。

　　小西每次都尴尬地道歉："对不起，他最近太忙。"

　　直到2014年的冬天，小西无意间发现了罗阳手机里的短信，才明白，整整一年了，她一直在和另一个女人隔空作战。那些炽热的情话你来我往，早就秘密地织成了一张网，罗阳再也逃不出去了。

　　原来所谓的"十一"出差是陪那个女孩去了济州岛。

　　原来无数次突发的周末加班是为了和她去邻近的城市

约会。

　　原来5月20日买的那款心形项链，罗阳一共订了两个。

　　所有的秘密忽然被掀开，如一道强光猛地刺了过来。小西愣住了，她默默地关上手机，想起罗阳打来的那些仓促的出差电话，心裂成碎片。

　　等我赶到她家的时候，她儿子刚刚甜甜地睡着。小西抱着我，剧烈地颤抖，把痛哭声牢牢地锁在喉咙里。哭够了，她看着我问："这究竟是为什么？"

　　是呀，为了罗阳，小西学炒菜、学烘焙，从十指不沾阳春水到挽袖剪花枝、洗手做羹汤。为了这个家，她洗衣做饭、相夫教子，照顾了全家每一个人，唯独亏待了自己。看着镜子里一脸憔悴、毫无生气的样子，小西的泪大滴大滴地落下。

/02/

　　小西离婚了，最后一个要求就是孩子的抚养权归她。罗阳曾跪下乞求原谅，哭着说自己是一时糊涂，犯了全天下男人都会犯的错误。但小西说，她不能原谅的除了罗阳，还有她自己。

　　是时候和那段潦草的人生告别了，小西抱着我，坚定地说："如果我都不能真正快乐，那我的孩子怎么快乐？"

离婚后，小西搬回了父母家。她一边学习产后瑜伽，一边和朋友合伙开了一间咖啡店。我问她为什么选咖啡来创业，她说，希腊语中，咖啡的定义是"力量与热情"。人们对于食用之后人体产生的精神亢奋无法解释，所以咖啡在最初也代表神秘与狂热，它自诞生之日起就和我们的精神世界患难与共，痛痒相关。小西不想做速食单一的商务连锁，她凭借自己的美术设计功底和对咖啡文化独特的理解，把咖啡店装修得别具一格，定位成都市人的心灵加油站。

这里不仅有美食甜点，还有英语角、阅读区，举办各式各样的文化沙龙。不出意料，小西咖啡店的生意异常火爆，去年又开了两家分店。再见小西的时候，她紧身的高腰A字裙凸显出玲珑有致的体态，她站在巨大的落地飘窗前，优雅地举着水杯和新员工讲咖啡的起源。细碎的阳光打在她光洁的脸庞上，眼里闪着久违的自信的光芒。那一刻，我觉得她真的好美。

前阵子，我才知道原来她最近的追求者是一位留美博士，比她小5岁。在店里喝咖啡的时候，被咖啡浓郁的香醇和老板特有的风度征服，已经交往了三个月，现在正焦急地等着她点头批准转正。

月底，她休假，决定带父母和孩子去一趟澳大利亚，往返机票订的都是商务舱。我看她一边收拾行李，一边在群里和合伙人讨论着下一家分店如何选址，仿佛脱胎换骨一般自信而清爽。

亲爱的小西，看着这样的你，我的内心无比感慨。我们都手忙脚乱地深爱过别人，也手忙脚乱地迷失了自己。如果说爱是一种能力，这其中最重要的部分，一定是如何爱自己。我希望时间就这样停在此刻，希望你为了自己、为了爱情燃起的熊熊烈火永远不要熄灭。